ALEX CAPUS

Das kleine Haus am Sonnenhang

Hanser

11. Auflage 2025

ISBN 978-3-446-27941-4

Kolbergerstraße 22 | 81679 München | info@hanser.de

Zeichnung auf S. 112: Silvia Capus
Umschlag: Peter-Andreas Hassiepen, München
Motiv: Odoardo Borrani © akg-images
Satz: Greiner & Reichel, Köln
Druck und Bindung: GGP Media GmbH, Pößneck
Printed in Germany

FSC
www.fsc.org
MIX
Papier | Fördert gute Waldnutzung
FSC® C014496

Das kleine Haus
am Sonnenhang

I

Als ich noch ein ziemlich junger Mann war, nicht mehr Student und noch nicht Schriftsteller, habe ich für fast kein Geld im Piemont ein kleines Haus gekauft. Es war ein wirklich kleines Haus. Ganz allein stand es in einem Seitental eines Seitentals an einem terrassierten Sonnenhang, der wohl einst ein Rebberg gewesen war. Hinter dem Haus befand sich ein Schuppen fürs Brennholz, davor ein kleiner Ziegenstall und das Waschhaus. Auf den obersten Terrassen wucherten ein paar alte, knorrige Stöcke, die im Herbst schwarze, süße Trauben trugen.

Wenn meine damalige Freundin und ich mit unserem gelben Renault 4 aus der Schweiz anreisten, bogen wir in Sichtweite des Hauses von der Strada Provinciale ab und schlingerten auf einem Feldweg hinunter zu einem ausgetrockneten Bachbett, das wir mit Karacho durchqueren mussten, um es auf der anderen Seite den steilen Hang hinauf bis zum Haus zu schaffen.

Wir blieben den ganzen Sommer in dem kleinen Haus. Meine Freundin studierte Rechtswissenschaften in Bern, ich hatte meine Anstellung als politischer Journalist bei der Schweizerischen Depeschenagentur gekündigt, um meinen ersten Roman zu schreiben. Das Leben war billig. Ums Geldverdienen würden wir uns im Winter wieder kümmern. Und wir hatten noch keine Kinder. Oder noch nicht so viele.

Das Haus bestand im Wesentlichen aus vier meterdicken Bruchsteinmauern, von denen niemand wusste, wie alt sie waren, und einem Ziegeldach obendrauf. Der wichtigste Raum war die Wohnküche, dort gab es einen langen Eichentisch und einen offenen Kamin; nebenan zwei Kammern, in denen man schlafen konnte. Getragen wurde das Ganze von einem dunklen, feuchten Gewölbekeller, in dem hinten aus einer moosigen Felswand das ganze Jahr frisches, kühles Quellwasser sprudelte. Von der Quelle floss das Wasser in einer offenen Rinne über den Kellerboden zur Tür, dann unter der Schwelle hindurch ins Freie und hinüber zur Tränke des Ziegenstalls, um schließlich als dünn gewordenes Rinnsal durch ein Loch in der rückseitigen Stallmauer hinunter auf die nächste Terrasse zu tröpfeln, wo ein knorriger Feigenbaum im immerfeuchten Erdreich prächtig gedieh.

Ich stellte mir gerne vor, dass in grauer Vorzeit einer unserer Ahnen die Quelle entdeckt haben mochte, als er am damals noch bewaldeten Sonnenhang einem Hirsch nachstellte oder ein entlaufenes Schaf suchte, und dass er eine Lichtung in den Wald schlug und über der Quelle das Haus baute, um das kostbare Wasser für sich und die Seinen in Besitz zu nehmen.

Es stand an unverbaubarer Lage mit freier Sicht aufs Dorf, das sich jenseits des Bachbetts in etwa einem Kilometer Entfernung auf der Schattenseite des Tals befand, weil dort die Strada Provinciale durchführte. Dicht an dicht standen die Häuser beisammen, beschützten einander vor den Widrigkeiten der Zeitläufte und bildeten ein hübsches kubistisches Ensemble in Terrakotta, Schiefergrau und Glyziniengrün, das ich während der trägen Mittagsstunden, die wir oft im Schatten des Nussbaums in der Hängematte verbrachten, gern betrachtete.

Ich sah leuchtende Gemäuer und glitzernde Dächer, mattes Blattgrün und schlafende Hunde im Schatten moosiger Torbögen, gelegentlich einen vorüberfahrenden Wagen oder einen Traktor, aber kaum Menschen. Überall geschlossene Fensterläden, zugezogene Vorhänge, verriegelte Türen. Und wenn mal ein Fenster offen stand, war darin nur leere Schwärze zu sehen. Das Dorf lag da wie ausgestorben. Manchmal hing Wäsche zum Trocknen vor einem Fenster, wo zuvor keine gehangen hatte, oder ein Tor war geschlossen, das eben noch offen gestanden hatte. Aber nirgends war ein Mensch zu sehen. Die Leute hatten augenscheinlich jahrhundertelange Übung darin, sich unsichtbar zu machen.

2

Die letzte Kneipe im Dorf hatte vor vielen Jahren zugesperrt, die Bäckersfamilie war weggezogen und im Pfarrhaus wohnte niemand mehr; die Gemeindeverwaltung war nur am Freitagnachmittag besetzt. Das Postamt aber war noch täglich geöffnet. Seit der alte Posthalter gestorben war, führte es dessen Witwe. Sie hatte ein böses Knie und eine schwarze Katze, die ihr auf Schritt und Tritt folgte, wenn sie frühmorgens von Haus zu Haus humpelte und die Post verteilte.

Zu uns hinüber an den Sonnenhang schaffte die Posthalterin es nicht. Nur einmal ganz zu Beginn war sie den ganzen Weg zu uns gehumpelt und hatte, während die Katze uns um die Beine strich, um Verständnis dafür gebeten, dass sie wegen ihres Knies nicht in der Lage sein werde, uns die Post dienst- und pflichtgemäß ins Haus zu liefern.

Also ging ich alle paar Tage zu ihr und sah nach, ob Zeitungen oder Briefe für mich eingetroffen waren. Es waren die neunziger Jahre, elektronische Post gab es noch nicht. Man schrieb einander Briefe, und Zeitungen las man auf Papier. Auf meinem Weg durchs Dorf sah ich dann tatsächlich ein paar Menschen; es waren fast immer dieselben.

Auf einer Sitzbank aus Granit saß ein grauer Schnauzbärtiger mit einem Gewehr, der mich erstaunlicherweise schon beim ersten Mal mit Namen grüßte.

Bei der Bushaltestelle stand eine junge Frau mit Kinderwagen, die mich geflissentlich übersah.

In einem schmalen Gärtchen zwischen zwei Häusern jätete ein Mütterchen im geblümten Rock Unkraut. Sie führte ihre Harke mit kurzen, scharfen Bewegungen.

Oben an der Strada Provinciale hatte ein Automechaniker seine Werkstatt, der jedes Mal, wenn ich an ihm vorbeiging, unter einem Traktor oder einem Fiat 127 lag. Ich habe von ihm nie mehr als die Hosenbeine und die Stiefel gesehen.

Und dann die Posthalterin in ihrem Kabuff mit dem Bullerofen und dem Portrait Papst Paulus des Sechsten an der Wand, die mich, um mir auch ja genügend Ehre anzutun, immer mit allen möglichen Titeln versah. *Buongiorno, Professore! Certo, Ingeniere! Un attimo, Direttore! ArrivederLa, Dottore!*

Wenn ich dann mit meiner Post auf dem Rückweg war, spürte ich die Blicke der Leute in meinem Rücken, wie sie hinter ihren Fensterläden, Jalousien und Vorhängen standen und mich beobachteten, während ich das Bachbett durchquerte, den Sonnenhang hinaufstieg und ins Haus ging, um einen Kaffee zu brauen und das Tablett hinaus zum Nussbaum zu tragen, wo meine Freundin es sich in einem Liegestuhl bequem gemacht hatte.

Die Leute lasen in unserem Alltag wie in einem offenen Buch. Das machte uns nichts aus. Ihre Neugier hatte nichts Hinterhältiges oder Bösartiges, sie nahmen nur Anteil. Wenn sie sich hinter ihren Jalousien versteckten, taten sie das aus Feingefühl. Sie wollten vermeiden, dass wir uns beobachtet fühlten.

Gerade viel gab es ja nicht zu sehen. Ich werkelte am Haus oder schichtete auf einer Terrasse die Steine einer eingestürzten Trockenmauer wieder auf, während meine Freundin viele

Stunden mit ihren juristischen Büchern verbrachte. Mittags machten wir Pause. Wir spielten Schach, schossen mit einem rostigen Luftgewehr auf Blechdosen oder gingen auf eine Stunde ins Haus.

Gegen Abend versank das Dorf in schattigem Blau, während unser Sonnenhang noch eine Stunde golden leuchtete. In der Nacht konnten die Dorfbewohner dann durchs offene Küchenfenster sehen, wie wir Spaghetti aßen, Barbera tranken und hernach noch viele Stunden am Küchentisch saßen – sie über ihren Fachbüchern, ich an meiner Schreibmaschine.

Mein Schreibgerät war noch kein Laptop, sondern eine lindgrüne Hermes Baby. Ohne Stromkabel oder Korrekturtaste, dafür mit Tipp-Ex. Damals musste ich noch wirklich scharf nachdenken, bevor ich einen Satz in die Maschine hämmerte. Heute klappe ich den Laptop auf und tippe drauflos, und dann lese ich durch, was ich so geschrieben habe. Gut ist das auf Anhieb nie. Also versuche ich es andersrum und nochmal und nochmal anders, streiche ein paar Adjektive und füge sie gleich wieder hinzu, unterteile lange Schachtelsätze in einfache Hauptsätze und mache alles wieder rückgängig, versuche eine neue Version mit mehr Tempo und weniger Melodie, verschärfe den Rhythmus und streiche das Gesäusel, verlangsame das Tempo wieder und achte mehr auf Melodie, lösche alles und kehre zu einer alten Fassung zurück, die doch eigentlich die gradlinigste und ungekünsteltste war und zudem eine Metapher enthielt, die mir gefiel, obwohl oder gerade weil sie ein wenig schräg war. Dann rufe ich mich zur Ordnung, lösche alles und versuche einfach möglichst schlicht und geradeaus zu sagen, was ich sagen will.

Und immer so weiter.

Es ist das Spiel, das ich am liebsten spiele auf der Welt. Ich betreibe es mit großer Ausdauer. Zufrieden bin ich erst, wenn alles richtig fließt und klingt und für mein Empfinden die klarste, einfachstmögliche Form gefunden hat. Wann es so weit ist, weiß ich nicht. Vielleicht schlicht dann, wenn mir der Kram zum Hals raushängt.

Mit der Hermes Baby von damals, das ist mir klar, hätte ich mir diese Arbeitsweise nicht leisten können. Ich konnte sie mir erst aneignen, nachdem ich irgendwann für achthundert Franken meinen ersten Computer gekauft hatte. Es war ein gebrauchter Macintosh SE20. Er hat mein Leben verändert. Steve Jobs und Bill Gates haben wirklich viel für mich getan, ich bin ihnen zu großem Dank verpflichtet. Ohne sie würde ich womöglich immer noch an meinem ersten Roman sitzen. Keine Ahnung, wie Thomas Mann ohne Microsoft die »Buddenbrooks« schreiben konnte.

Aber der Macintosh war ein sperriges, schweres Ding und für Reisen nicht geeignet. Im kleinen Haus am Sonnenhang schrieb ich weiter auf der Hermes Baby. Quer durch die Küche liefen zwei schwarze, alte Eichenbalken. Dort pinnte ich, um jederzeit die Übersicht zu haben, die Blätter mit den Versionen einzelner Szenen, Dialoge und Beschreibungen fest.

Irgendwann aber muss der Spaß mit dem Um- und Umschreiben ein Ende haben. Ich habe Verträge und Abgabetermine, ich muss Geld verdienen. Die Verlagsleute sind freundliche Menschen und würden mir einen Aufschub gewähren, aber das hätte keinen Sinn. Ein Aufschub wäre nur ein Aufschub, abgeben müsste ich sowieso. Also gebe ich lieber termingerecht ab.

Ich bin der Sohn einer Grundschullehrerin und habe es tief verinnerlicht, dass man seine Hausaufgaben rechtzeitig erledigen muss. Stolz bin ich nicht darauf. Es hat schon etwas Zwanghaftes, wie verlässlich ich Termine einhalte. Am liebsten gebe ich schon eine Woche vor der Deadline ab, dann fühle ich mich gut. Oder zwei Wochen vorher, da geht es dem Streber, der ich bin, noch besser. Mein Über-Ich ist in dieser Beziehung sehr stark, ich komme nicht dagegen an. Meist ziehe ich schon vor der eigentlichen Deadline meine persönliche Deadline und versehe diese nochmal mit zwei Wochen Sicherheitsabstand, und diese vielleicht nochmal. So würde sich der Abgabetermin, wenn ich mein Über-Ich nicht im Zaum hielte – wofür ich eine Art Über-Über-Ich entwickelt habe –, immer weiter aus der Zukunft in Richtung Gegenwart verschieben, bis er im Hier und Heute angelangt wäre und mir überhaupt keine Zeit zum Schreiben mehr bliebe.

3

Den ganzen Sommer über kamen Freunde zu Besuch. Dann musste das Romanschreiben Pause machen, ich packte meine Hermes Baby weg und entfernte die Manuskriptseiten von den Eichenbalken. Es war ein stetes Kommen und Gehen, immer standen Autos und Motorräder auf dem Vorplatz. Wenn im kleinen Haus kein Bett mehr frei war, richteten sich die Neuankömmlinge im Holzschuppen oder im Ziegenstall ein, oder sie stellten oberhalb des Hauses, wo es unter all den abschüssigen Terrassen eine einzige halbwegs waagrechte Wiese gab, ihre Zelte auf.

Es war eine schöne Zeit. Tagsüber sangen die Zikaden, nachts leuchteten am ganzen Sonnenhang die Glühwürmchen. Wir veranstalteten Schaukelstuhlrennen auf den Terrassen mit riskanten Schanzensprüngen über die Trockenmauern, Schießwettbewerbe mit dem rostigen Luftgewehr und abendliche Gesangsfeste mit italienischem Liedgut; manchmal erforschten wir wandernd die umliegenden Hügel oder unternahmen Ausflüge ans Meer. Vom zweiten Jahr an pflanzten wir im Mai Kartoffeln an, die wir Stadtkinder, die wir waren, im September staunend ernteten.

Natürlich gab es auch Liebesdramen mit überstürzter nächtlicher Abreise, frühmorgendlicher Rückkehr und heißer Versöhnung, und das eine oder andere Kind, das unsere Generation seither großgezogen hat, wird wohl auch im kleinen Haus gezeugt worden sein. Einmal hatten wir Hornissen im Dachstock, und einmal brach sich Thomas den rechten großen Zeh, als er barfuß mit einer Wassermelone jonglierte.

Anfang September fuhren alle nach Hause, weil an der Uni das Semester wieder anfing. Meine Freundin fuhr ebenfalls, den gelben Renault 4 nahm sie mit. Ich blieb allein zurück, weil ich an meinem Roman arbeiten wollte. Am Tag des Abschieds gab es Gelächter und Umarmungen. Autotüren fielen ins Schloss, Motoren wurden gestartet. Ich stand auf dem Vorplatz und winkte, bis alle hinter der Biegung jenseits des Bachbetts verschwunden waren. Dann ging ich ins Haus, pinnte die Manuskriptseiten wieder an die Balken und stellte die Hermes Baby auf den Küchentisch, wo sie für die nächsten Monate bleiben würde.

An manchen Tagen wollte mir nichts einfallen, was niederzuschreiben die Mühe wert gewesen wäre. Dann legte ich den Deckel auf die Schreibmaschine und ging zu meiner Baustelle. Ich hatte immer eine Baustelle. Mal legte ich hinter dem Haus den verschütteten Graben frei, damit die feuchte Rückmauer wieder austrocknen konnte. Ein anderes Mal deckte ich das Schieferdach des Ziegenstalls ab, wechselte morsche Sparren und Dachlatten aus und deckte das Dach wieder ein. Oder ich betonierte am Hinterausgang eine neue Türschwelle. Wenn der Herbst kam, erntete ich Baumnüsse und Feigen und aß sie sofort alle auf, und später pflückte ich die schwarzen Trauben auf den obersten Terrassen. Ansonsten ernährte ich mich im Wesentlichen von Spaghetti al aglio, olio e peperoncino. Das schmeckte mir und verleidete mir nie, und es kostete nicht viel und war rasch zubereitet. Meist aß ich mittags einen großen

Teller davon und abends die Reste. Und wenn am nächsten Morgen immer noch etwas übrig war, wärmte ich es mir zum Frühstück auf. Weshalb sollten mir Spaghetti bei Sonnenaufgang nicht schmecken, wenn sie bei Sonnenuntergang so lecker gewesen waren?

Jeden zweiten oder dritten Abend spazierte ich ins Dorf und rief am Telefonautomaten, der neben dem Eingang zum Postamt an der Mauer hing, meine Freundin an. Es waren die neunziger Jahre, wie gesagt, das tragbare Telefon war eben erst auf den Markt gelangt. Und selbst wenn ich damals schon eines besessen hätte – ich besitze bis heute keines –, wäre ich im Seitental des Seitentals ganz sicher weitab vom nächsten Sendemast gewesen. Um beim Postamt telefonieren zu können, musste ich ausreichend münzenförmige Telefonmarken gekauft haben, die ich dann während des Ferngesprächs in rascher Folge einwarf. Diese gab es aber nicht im Postamt, sondern nur bei konzessionierten Tabakhändlern. Und weil es im Dorf längst keinen mehr gab, musste ich sie vorgängig in der Stadt besorgt haben.

An den Tagen, an denen ich auf meiner Baustelle zugange war, rührte ich die Schreibmaschine nicht an. In all den Jahren meines Schriftstellerlebens sind die Tage stets überwältigend in der Überzahl gewesen, an denen mir nichts zu schreiben einfiel. Das hat mich nie beunruhigt. Wenn mir nichts einfällt, stehe ich auf und mache etwas anderes; am liebsten etwas, bei dem ein Bohrhammer, eine Stichsäge oder eine Schaufel im Spiel ist. Die Angst vor dem weißen Blatt kenne ich nicht, und an die Schreibblockade glaube ich nicht. Wenn ich nicht vorankomme, steckt keine Metaphysik dahinter. Ich habe dann einfach noch nicht genug nachgedacht und gebrütet. Dagegen hilft nur brüten und nachdenken. Und das kann dauern. Manchmal Wochen, manchmal Monate. Beschleunigen lässt es sich kaum. Am besten brüte ich, wenn ich auf einer Baustelle werkle.

Ich blieb jeweils bis in den Oktober und den November in dem kleinen Haus, manchmal auch über Weihnachten und Neujahr. Die Leute in der Gegend sagen zwar: »Ach, der Herbst ist doch die schönste Jahreszeit! Dann gibt es keine Stechmücken mehr, und die Schweizer sind alle nach Hause gefahren.« Aber an mich gewöhnten sie sich. Ich war einfach der Alex, der halt noch da war. Immerhin hatte ich rasch einigermaßen Italienisch gelernt. Zudem konnte man vom Dorf aus sehen, was ich so trieb den ganzen Tag.

Es gab ein paar Männer, die gelegentlich am Sonnenhang vorbeischauten; da war der Maurer Urbanin, der mit seinem Traktor Sand und Kies für den Zementmischer aus dem Bachbett holte, oder der Trüffelsucher Dante, der auf dem Weg in den Wald mit seinem Hund die Abkürzung über meine Terrassen nahm. Meist hoben sie nur kurz die Hand zum Gruß. Manchmal aber stieg einer den steilen Feldweg zu meinem Haus hinauf. Dann tranken wir ein Glas im Stehen und sprachen über die Qualität des heurigen Weins, die Intelligenz von Trüffelhunden oder über den Erdrutsch, der die Straße nach Cairo verschüttet hatte.

Mit dem Roman kam ich in jenen Monaten, weil ich kaum Ablenkung hatte, flott voran. Das heißt, ich schrieb immer neue Versionen derselben Geschichte, die ich, kaum dass sie fertig waren, für ungenügend befand und beiseitelegte, um mit einer neuen Fassung anzufangen. Aber ich war guter Dinge. Ich fühlte, dass jede Fassung ein bisschen weniger unbrauchbar war als die vorangegangene. Zudem hatte ich mir vorgenommen, nicht zu ermüden und nicht vor der Zeit zufrieden zu sein. Jedenfalls ging es vorwärts. Und die Richtung stimmte.

Die Einsamkeit tat mir gut. Seit die Freunde nicht mehr da waren, trank und rauchte ich weniger, und ich ging früher schlafen. Ich nahm ab, rasierte mich alle drei Tage und achtete auf ordentliche Kleidung. Und ich hielt die Küche sauber. Gerade als Einsiedler, finde ich, muss man die Zivilisation aufrechterhalten.

4

Einmal die Woche hatte ich das Bedürfnis, unter Leute zu gehen. Weil der Renault 4 nicht mehr da war, holte ich das verrostete Fahrrad aus dem Ziegenstall, das ich im ersten Sommer in einem Brombeergestrüpp gefunden und notdürftig hergerichtet hatte. Ich rollte damit den Hang hinunter, schob es durchs Bachbett und pedalte auf der anderen Seite den Feldweg hinauf zur Strada Provinciale. Dann bog ich aber nicht nach links ins Dorf ab, sondern fuhr rechts geradeaus den Fluss entlang, bis ich nach etwa drei Kilometern ins nahe gelegene Städtchen kam. Dort gab es Kneipen, Büros und allerlei Läden. Und ein paar hundert sichtbare Frauen, Männer und Kinder.

Im Sommer dauerte die Fahrt eine knappe Viertelstunde. Nach den ersten großen Herbstregen aber bestand die Schwierigkeit, dass das Bachbett nicht mehr trocken war, sondern ziemlich viel Wasser führte. Und wenn im Dezember Schnee und Eis hinzukamen, konnte keine Rede mehr davon sein, den Bach zu durchqueren, außer vielleicht mit einem Traktor. Aber ich hatte keinen Traktor.

Es waren die letzten Jahre des zwanzigsten Jahrhunderts, damals hat es noch geschneit. Spätestens im Advent war das kleine Haus von der Umwelt abgeschnitten. Vermutlich war das einer der Gründe, weshalb ich es für fast kein Geld hatte kaufen können. Die Ruhe war dann noch größer, der Friede noch tiefer. Auf den Terrassen staksten Rehe durch den Schnee.

Manchmal kam eine Wildschweinfamilie aus dem Wald, um im Bach zu saufen.

An sonnigen Tagen schmolz der Schnee auf den Terrassen. Unten im Bach aber blieb er liegen, und die dicken Bruchsteinmauern des kleinen Hauses blieben, wenn sie einmal ausgekühlt waren, bis zum nächsten Frühjahr kalt.

Ich machte Feuer im offenen Kamin. Die Flammen rösteten mir das Gesicht und die Schienbeine, aber die Küche wurde davon nicht warm. Weil der Kamin die warme Luft mit dem Rauch in die Höhe zog, musste durch sämtliche Ritzen und Fugen des alten Hauses kalte Luft nachströmen, die mir eisig um den Rücken und die Waden strich. Ich beschloss, einen Holzofen neben den Kamin zu stellen. In der zweiten Winterwoche ging ich ins Städtchen und kaufte in der Eisenwarenhandlung einen Kachelofen mit Schamottsteinen. Er war das teuerste Modell im Angebot. Der Händler bestand, weil er mich noch nicht kannte, auf Vorauszahlung und versprach, in zwei Tagen zu liefern. In der Zwischenzeit meißelte ich fürs Ofenrohr ein Loch in den Kamin und strich es mit hitzebeständigem Mörtel aus.

Der Ofen war die teuerste Anschaffung im kleinen Haus. Er heizte prächtig, der Rauch zog bestens ab. Er heizte all die Jahre, bis er eines Tages spurlos verschwand.

Wenn ich im Winter in die Stadt wollte, war mir der gewohnte Weg durch den Bach versperrt. Dann musste ich in entgegengesetzter Richtung über die verschneiten Terrassen bergauf klettern bis zu den alten Rebstöcken und dann auf der schattigen Rückseite im Kastanienwald absteigen bis zur Autostraße, die über mehrere Brücken in die Stadt führte. Und wenn ich erst einmal dort war, konnte es viele Stunden dauern, bis ich den Weg zurück in die Wildnis unter die Stiefel nahm.

Die Stadt war eine jener ordentlich hübschen, nicht übertrieben pittoresken Kleinstädte, von denen es in Italien nebst allem Weltkulturerbe so viele gibt. Wenn ich mich ihr auf der Autostraße näherte, gelangte ich als Erstes auf die Piazza Garibaldi. Jede italienische Stadt, darauf ist Verlass, hat eine Piazza Garibaldi. Samstags fand hier der Markt statt. In der einen Ecke war die Glas-Sammelstelle, in der anderen ein umzäunter Kinderspielplatz. Links neben dem Kriegerdenkmal lag die Eisenwarenhandlung, in der ich meinen Kachelofen gekauft hatte, rechts davon die Zentrale der landwirtschaftlichen Genossenschaft. Und mitten auf dem Platz befand sich eine bediente Esso-Tankstelle.

Das zwanzigste Jahrhundert war die Zeit, in der Tankstellen noch bedient waren; heute kann man sich kaum mehr vorstellen, wie das war. Man fuhr mit seinem Kraftfahrzeug vor und kurbelte – jawohl, man kurbelte – das linke Seitenfenster herunter, worauf der Tankwart sich zu einem herunterbeugte und sich nach unseren Wünschen erkundigte. Er füllte Treibstoff der gewünschten Qualität und Menge in den Tank und kontrollierte Reifendruck, Ölstand sowie die Füllung des Seifenbehälters, dann putzte er sämtliche Scheiben und kratzte die zermatschten Chitinpanzer von den Scheinwerfern; damals gab es noch Insekten. Wenn nötig, ersetzte er auch die Gummiblätter der Scheibenwischer oder wechselte an einem erblindeten Bremslicht die Glühbirne. Und wenn er mit allem fertig war, kehrte er zur Fahrertür zurück und nannte einen

Betrag, worauf man ihm mit Grandezza einen Schein durchs Fenster reichte, »Stimmt so« sagte und Gas gab.

Schön war das.

Und der Tankwart an der Piazza Garibaldi, das muss ich hinzufügen, war der schönste Tankwart, dem ich in meinem Leben begegnet bin. Er war vielleicht Anfang fünfzig, aber noch flink auf den Beinen wie ein Jüngling, und er trug einen messerscharfen Seitenscheitel und einen Clark-Gable-Schnurrbart, der nur ein klein wenig zu schwarz war, um wirklich naturbelassen zu sein. Auf dem Rücken seines jederzeit fleckenlosen, perfekt gebügelten azurblauen Overalls prangte ein schickes, rot-weißes Fiat-Logo, und seine vier Zapfpistolen – eine für Diesel, je eine für Normal- und Superbenzin und eine fürs Zweitakt-Gemisch – bediente er mit unnachahmlicher Eleganz.

Er arbeitete rasch und sauber, kannte jeden Kunden mit Namen und hatte für alle ein freundliches Wort. Sein Dienst dauerte von acht Uhr morgens bis abends um sechs, mit einer Stunde Mittagspause. Sonntags blieb die Tankstelle geschlossen. Wer außerhalb dieser Zeiten Benzin benötigte, musste sich gedulden. Es gab keine andere Tankstelle im Tal.

Nach Feierabend verschwand der Tankwart für eine Stunde; wohin, weiß ich nicht. Vielleicht erwartete ihn irgendwo eine Frau zum Abendessen, oder er hatte allein eine Bude in der Altstadt. Gut möglich auch, dass er noch bei den Eltern wohnte. Er war zwar schon über fünfzig, wie gesagt. Aber in Italien kommt so etwas vor. Sogar recht oft.

Eine Stunde blieb er dann verschwunden.

Kurz nach neunzehn Uhr tauchte er wieder auf.

5

Am Ende der Piazza Garibaldi führte die Via Cavour in die Altstadt. Jede italienische Stadt hat eine Via Cavour, auch darauf ist Verlass. Gurrende Tauben unter baufälligen Arkaden, roter Backstein unter bröckelndem Putz. Knatternde Zweitaktmotoren in engen Gassen, klackende Absätze auf alten Granitplatten. Links eine Schreibwarenhandlung, rechts eine Bäckerei, dann die Generali-Versicherung, die örtliche Niederlassung der Banca di Cuneo und eine Metzgerei.

Nach etwa fünfzig Schritten fand sich zur Linken die Bar *Da Pierluigi*, das war meine Kneipe. Hohe, einfachverglaste Schaufenster, eine Glastür mit einer ausgeleierten Klinke und einer Bimmelglocke obendrauf. Im Innern kleine runde Bistrotische und erstaunlich unbequeme Stühle auf rosa marmorierten Bodenplatten, und über allem dieser Neonröhren-Charme, der im Süden so verbreitet ist; eine ganz normale Bar, wie es ums Mittelmeer wohl zehntausende gibt.

Ich kann nicht sagen, dass *Da Pierluigi* meine Lieblingsbar war. Es war einfach die Bar, in die ich ging. Ich wusste zwar, dass es im Städtchen noch drei oder vier andere Bars gab, die sich vermutlich nicht fundamental von Pierluigis unterschieden. Aber da ging ich nicht hin. Nicht, wenn Pierluigi offen hatte. Und Pierluigi hatte immer offen.

Ich bin der Meinung, dass man als Mensch nicht mehrere Bars braucht. Ich brauche nur eine, und da gehe ich dann hin.

Es ist eine Mentalitätsfrage, nehme ich an. Nichts, worauf ich besonders stolz wäre. Ich will mich in meiner Bar zu Hause fühlen, deshalb muss dort immer alles gleich bleiben. Ich wünsche keine Veränderungen und keine Überraschungen. Es soll alles bleiben, wie es ist, das gibt mir ein Gefühl von Ruhe, Sicherheit und Beständigkeit. Die Gäste sollen immer dieselben sein und die Einrichtung soll sich nie ändern, und das Juve-Poster vom vorletzten Jahr soll auch nächstes Jahr dort hängen, und hinter dem Tresen soll immer nur Pierluigi stehen und sonst niemand. Es macht mich glücklich, wenn die Stammgäste meinen Namen kennen und dass der Wirt mir, wenn ich sein Lokal betrete, »Wie immer?« zuruft.

Meine Frau regt sich auf über diesen meinen Wesenszug. Ihr Name ist Nadja. Sie ist das Mädchen von vorhin mit dem gelben Renault 4, nur dass sie jetzt nicht mehr Studentin in Bern, sondern Professorin in Neuchâtel ist, und dass wir in der Zwischenzeit fünf Kinder großgezogen haben. Den gelben Renault 4 haben wir nicht mehr. Wir mussten ihn zum Autofriedhof bringen, als die vordere Sitzbank im rostigen Unterboden einbrach.

Nadja ist Italienerin. Seit über dreißig Jahren gehe ich mit ihr Pizza essen, und seit dreißig Jahren regt sie sich darüber auf, dass ich immer die gleiche Pizza bestelle. Pizza Fiorentina, bitte. Mit Knoblauch, wenn's geht.

»Jetzt nimm doch mal eine andere«, sagt sie und fährt mit weit ausladender Gebärde über die Speisekarte, als würde sie mir ihre Ländereien zeigen. »Schau! Die bieten hier fünfundzwanzig verschiedene Pizze an. Fünf! Und! Zwan! Zig! Nimm nur einmal eine andere. Nur dieses eine Mal.«

»Ist das ein Befehl?«

»Tu es für mich, um Himmels willen. Ein einziges Mal!«

»Nein, tut mir leid«, entgegne ich dann immer. »Ich nehme keine andere. So ein Mann bin ich nicht, der einfach so aus Jux und Tollerei mal eine andere nimmt. Das liegt mir fern. Ich hätte eigentlich gedacht, du wüsstest das zu schätzen.«

»Wir reden von Pizze«, sagt Nadja und streicht sich mit rascher Geste eine Strähne hinters Ohr. »Herrgott nochmal! Spring halt ausnahmsweise über deinen Schatten und bestell eine Pizza Napoli, das wird dich schon nicht umbringen. Oder eine Funghi oder eine Gorgonzola oder meinetwegen eine Margherita. Es muss ja nicht gleich eine Calzone sein.«

»Nein, vielen Dank«, entgegne ich abschließend. »Pizza Fiorentina schmeckt mir bestens. Ich kenne sie in all ihren Facetten und Finessen, weiß sie wegen ihrer reichhaltigen und doch ausgewogenen Aromen zu schätzen und bin seit vielen Jahren sehr zufrieden mit ihr. Diese Pizza passt zu mir, und ich passe zu ihr. Weshalb sollte ich Risiken eingehen und eine andere probieren in der eitlen Hoffnung, dass sie mir vielleicht noch besser schmecken könnte?«

6

Im Sommer war es bei Pierluigi angenehm kühl, im Winter unangenehm klamm. Dann waren die einfachverglasten Schaufenster beschlagen, man behielt den Mantel lieber an. Beim Reden standen einem Dampfwolken vor dem Mund, und wenn man Kaffee bestellte, musste man ihn rasch trinken, damit er nicht auskühlte. Andererseits wurde der Dolcetto aus der Gegend, den man wirklich besser kühl trank, den ganzen Abend nicht lau.

Die Gäste waren immer dieselben. Vorne links am Schaufenster hatte Giuseppe seinen Stammplatz. Er arbeitete tagsüber in der chemischen Reinigung seiner Eltern. Nebenbei verdiente er sich ein Zubrot mit einer kleinen Straußenzucht, die er in einem Gehege vor der Stadt betrieb. Die Federn verkaufte er nach Mailand, das Fleisch verarbeitete er eigenhändig zu Salami. Salume di Struzzo.

Neben ihm saß Mauro, der in dritter Generation die Eisenwarenhandlung an der Piazza Garibaldi führte. Mit ihm habe ich mich angefreundet, nachdem ich den Kachelofen bei ihm gekauft hatte. Die Tage seines Unternehmens waren gezählt, seit am Autobahnkreuz ein deutscher Heimwerkermarkt mit dem Bau einer riesigen Einkaufshalle begonnen hatte. Mauro verkaufte Schrauben und Nägel hundertgrammweise, auf Wunsch auch einzeln. Ein Hundertfünfzigernagel, daran erinnere ich mich, kostete fünfunddreißig Lire.

Dann war da auch Sergio, der dicke schwarze Haare auf den Fingern hatte und tapfer am hiesigen Gymnasium Geschichte unterrichtete. An die Apathie der Teenager habe er sich gewöhnt, sagte er. Wirklich zermürbend aber finde er, dass die wenigen Schüler, die Interesse am Geschichtsunterricht zeigten, alle bei den Neofaschisten seien.

Und schließlich Roberto. Er war mit siebzehn Jahren wegen einer unglücklichen Liebe aus dem Städtchen geflohen und zur Armee gegangen, und zwanzig Jahre später war er im Rang eines pensionierten Capitano wiedergekehrt. Seither machte er nichts mehr. Das schöne und freche Mädchen, das er als Teenager nicht bekommen hatte, war längst mit einem Fernsehmoderator in Mailand verheiratet und Mutter einer unübersichtlichen Anzahl Kinder. Hätte man Roberto gefragt, ob er ihr immer noch nachtrauerte, hätte er es bestritten. Mit einer anderen Frau aber hatte man ihn nie gesehen. Und weil er als Capitano eine schöne Rente bezog, rührte er keinen Finger mehr. Morgens las er Zeitung und trank Kaffee, nachmittags ging er spazieren. Er besaß einen alten, aber mechanisch bestens gepflegten roten Opel Ascona, den er kaum je benutzte und mir, wenn ich Lust auf eine Spritztour hatte, gelegentlich auslieh. Und die Abende verbrachte er stets bei Pierluigi. »Ich lebe wie eine Katze«, sagte Roberto. »Ich mache nichts. Rein gar nichts.«

Die Bar hatte ein Hinterzimmer, dort saßen ein paar zahnlose Alte mit grauen Stoppelbärten. Sie spielten Scopa und krakeelten dazu auf Piemontesisch, rauchten Nazionali und sahen nicht aus, als wären sie jemals jung gewesen. Sie waren schon zu Mussolinis Zeiten alt gewesen und hatten in Pierluigis Hinterzimmer Scopa gespielt, und sie würden auch in hundert Jahren noch dort sitzen, Scopa spielen und Nazionali rauchen.

Es waren die neunziger Jahre, wie erwähnt, damals rauchte man noch. Was haben wir geraucht! Wir rauchten alle, und wir rauchten überall und jederzeit. Wir rauchten im Büro und in der Schule. Wir rauchten im Auto, im Flugzeug und in der Eisenbahn. Wir rauchten im Bett, auf der Toilette und beim Frühstück, ebenso im Kino und beim Arzt und in der Badewanne und überhaupt an allen nur denkbaren Orten – immerzu, rund um die Uhr, sieben Tage die Woche, Jahr um Jahr. Keine Ahnung, warum wir dermaßen geraucht haben. Irgendetwas muss schon dabei gewesen sein. Sonst hätten wir's doch nicht getan.

Wenn man eine Kneipe betrat, setzte man sich hin, kramte seine Zigaretten hervor und steckte sich eine an. Die Packung legte man griffbereit auf den Tisch, das Feuerzeug obendrauf. Dann gab man seine Bestellung auf und rauchte die Zigarette nieder, steckte sich umgehend eine zweite an und rauchte auch diese nieder, und so rauchte man den ganzen Abend eine nach der anderen, bis die Packung leer war. Dann ging man zum Automaten und holte sich eine neue Packung, die kostete eins achtzig oder so. Und wenn die Zeit reichte und die Nacht lang genug war, rauchte man auch die leer.

Dicht waberte in diesen Nächten der Rauch durchs Lokal. Wenn man selber rauchte, war's noch einigermaßen erträglich. Wirklich schlimm aber war's für die wenigen Nichtraucher, die tapfer genug waren, ebenfalls in die Kneipe zu gehen. Denen tränten nach wenigen Minuten die Augen und sie husteten, schnieften und würgten, dass man Mitleid mit ihnen haben musste. Leider ließ sich nichts dagegen machen. Wir Raucher hätten unsere Kippen ausdrücken müssen, das wäre das Einzige gewesen, was geholfen hätte. Aber das hätte uns ebenfalls zu Nichtrauchern gemacht, dann hätten auch uns die Augen getränt, und das konnte ja wohl nicht die Lösung sein. Also steckten wir uns rasch noch eine an und dann noch eine und noch eine, und der Rauch verfärbte unsere Finger, setzte sich in unseren Kleidern und im Kopfhaar fest und imprägnierte unsere Gesichtshaut, dass wir am Ende eines Kneipenabends und erst recht am nächsten Morgen stanken wie die Putzlappen, mit denen der Wirt nach Feierabend die Aschenbecher ausrieb.

Wenn ich heute daran zurückdenke, habe ich wie gesagt keine Erklärung dafür, weshalb wir uns das antaten. Das Rätsel wird ungelöst bleiben, fürchte ich. Wenn nicht einmal wir selbst es verstehen, die wir doch dabei waren und in tausend Kneipennächten dreißigtausend Zigaretten geraucht haben, werden kommende Generationen erst recht nicht draufkommen.

7

Hinter dem Tresen in Pierluigis Bar stand jeden Abend Pierluigi selbst. Er war vielleicht Ende sechzig und etwas gelb im Gesicht, ich vermutete ein Leberleiden, und zweifellos schwer depressiv. Natürlich rauchte auch er. Er rauchte mit der Linken, wie die meisten von uns, damit er die Zigarette nicht beiseitelegen musste, wenn er mit der Rechten etwas zu erledigen hatte. Linkshänder rauchten, wenn ich mich richtig erinnere, mit der Rechten.

Pierluigi wischte unablässig seinen Tresen. Er wischte mit dem Lappen vom linken Ende bis hinüber zum rechten Ende, dann wischte er sich zurück ans linke und wiederum ans rechte Ende. Etwa alle halbe Stunde kam er hinter dem Tresen hervor, um unsere Aschenbecher zu leeren, und die ganze Zeit hörte er mit einem philosophischen Lächeln unserem Gequatsche zu. Das hat ihm über die Jahre wohl aufs Gemüt geschlagen, möglicherweise auch auf die Leber. Denn gewiss hatte Pierluigi sich damals, als er in jungen Jahren die Bar übernahm, für sein Leben doch etwas anderes gedacht, als dass er Jahrzehnt um Jahrzehnt diesen Tresen wischen und sich das immergleiche Gequatsche der immergleichen Gäste würde anhören müssen.

Ich kann das nachempfinden, denn ich führe seit zehn Jahren ebenfalls eine Bar. Sie befindet sich nicht in einer italienischen, sondern in einer schweizerischen Kleinstadt, und ich stehe nicht jeden Abend, sondern nur einmal die Woche hinter dem Tresen. Weil aber alle kleinen Städte einander gleichen, wie Tolstoj gesagt hat, während jede Großstadt auf ihre eigene Weise groß ist, und weil eine Bar immer eine Bar ist, kann ich bezeugen: Es ist wirklich nicht jederzeit erbaulich, was man sich als Wirt so anhören muss. Einem empfindsamen Gemüt kann das schon zusetzen. Langfristig hilft dagegen alles Philosophieren und Lächeln nichts.

Im Durchgang zu den Toiletten gab es in Pierluigis Bar eine Nische, in der ein Flipperkasten stand. Es war die Zeit vor der digitalen Revolution, damals gab es noch in jeder zweiten Gaststätte einen Flipperkasten. *Pacman* und *Space Invaders* standen erst am Anfang ihres Siegeszugs, Nintendo und Playstation gab es noch nicht.

Unbestrittener Champion an Pierluigis Flipperkasten war Mimmo. Er war ein junger Mann von Mitte zwanzig und der einzige Sohn des Stadtpräsidenten. Sein fahlblondes Haar stand ihm seitlich über die Ohren wie ein Strohdach, die Jeansjacke hing an seinen schmalen Schultern wie an einem Kleiderbügel. Der Flipperkasten war nur für Mimmo da, und Mimmo nur für ihn. Stunde um Stunde stand er in der Nische und jagte die Stahlkugeln in den Kastenhimmel, dass die Bumper klingelten und die Walzen der Punkteanzeige ratternd heißliefen.

Wie alle echten Klassespieler pflegte er einen eleganten, sparsamen Stil. Er machte keine Faxen, traktierte das Gerät nicht mit Fußtritten und versetzte ihm keine Faustschläge. Auch stöhnte und ächzte er nicht, stieß keine Flüche aus und unterließ die albernen, weil wirkungslosen Verrenkungen und Hüftschwünge, mit denen Amateure die Kugel in die gewünschte

Richtung zu lenken versuchen. In einer Pose klassisch schöner Gelassenheit stand er vor dem Spielgerät, verfolgte ruhig den Lauf der Kugel und wartete auf die Hundertstelsekunde, in der er mit der Präzision eines Scharfschützen den linken oder rechten Button drücken würde. Manchmal, wenn es nötig war, drückte er in äußerst kurzer Abfolge beide Buttons nacheinander, oder er versetzte, um die Kugel in die richtige Richtung zu lenken oder die Dynamik der Bumper zu erhöhen, dem verchromten Stahlblech an der Oberkante des Kastens mit dem linken oder rechten Handballen einen trockenen, wohldosierten Schlag; manchmal waren es auch drei oder vier Schläge.

Und wenn Mitternacht vorbei war und die Kugel zum letzten Mal in der Tiefe des Kastens verschwunden war, machte Mimmo auf dem Absatz kehrt und ging an uns vorbei, hob zum Abschied den rechten Zeigefinger und verschwand hinaus in die Nacht.

Mimmo hatte eine Eigenart: Er konnte nicht sprechen, zumindest nicht mit Leuten. Mag sein, dass er mit Hunden sprach, vielleicht auch mit Bäumen und Pferden, das würde mich nicht wundern. Aber mit Leuten sprach er nicht. Mimmo konnte hören und verstehen, was man ihm sagte, er war kein Idiot. Aber er redete nicht. Mit niemandem. Kein Wort. Wenn es sein musste, äußerte er sich mit Gesten und Grimassen. Gelegentlich lachte er. Aber niemals kam ein Wort über seine Lippen. Auch lesen und schreiben konnte er dem Vernehmen nach nicht, denn er war nie zur Schule gegangen.

Manche behaupteten, bei seiner Geburt sei etwas schiefgelaufen. Nabelschnur, Steißgeburt oder Kinderlähmung, vielleicht später Hirnhautentzündung, Treppensturz oder sonst etwas. Gut möglich aber auch, dass er in frühester Kindheit für sich allein den Entschluss gefasst hatte, sich das Gequatsche nicht anzutun. Das würde ich verstehen. Man kann ja damit, wenn man's erst angefangen hat, ein Leben lang nicht mehr aufhören. Also will das wohlüberlegt sein.

Wie auch immer. Mimmos Sprachlosigkeit tut nichts zur Sache. Nicht für die Geschichte, die ich erzählen will.

Von Bedeutung hingegen ist, dass Mimmo an jenem Abend, von dem hier die Rede sein soll, den rechten Fuß im Gips trug, denn er war am Wochenende mit seinem Vater, dem Stadtpräsidenten, zum Skilaufen nach Val d'Isère gegangen und hatte sich die Haxe gebrochen. Weiß leuchtete der Gips unter dem Flipperkasten, während Mimmo spielte.

8

Kurz nach neunzehn Uhr ging schwungvoll die Glastür auf, und herein kam der Tankwart von der Piazza Garibaldi – jetzt aber nicht mehr im azurblauen Overall, sondern edel gekleidet in einen sandfarbenen Kamelhaarmantel und Bundfaltenhosen, dazu zweifarbige Lackschuhe und ein rosa Hemd, auf das ein Polo-Spieler oder so was aufgestickt war. Über die Schultern hatte er je nach Jahreszeit mit wohlberechneter Nachlässigkeit ein farblich bestens assortiertes Benetton-Pullöverchen geworfen, und manchmal trug er keck auf dem Hinterkopf einen Borsalino, in dessen Hutband nach Art der Alpini eine schwarz-weiß und eisblau gestreifte Eichelhäher-Feder steckte. Die Bügelfalten waren fadengerade und messerscharf, die Schuhe auf Hochglanz poliert, und die Manschetten und das Einstecktüchlein perfekt zurechtgezupft.

Er sah toll aus.

Italienische Männer können so etwas.

Wenn deutsche Männer das Gleiche tun, sehen sie aus, als hätte Mutti sie angezogen.

Er nahm seinen Platz am Tresen ein und bestellte einen Martini Bianco. Dann steckte er sich eine Muratti an, legte Packung und Feuerzeug auf den Tresen und fing mit sonorer Stimme an zu plaudern. Er artikulierte helle, wohlklingende Vokale und drechselte schöne, elegant ineinander verschachtelte Sätze, und dazu gestikulierte er wie ein Opernsänger und rauchte eine

Muratti um die andere, und wenn er lachte, warf er den Kopf in den Nacken wie ein Auerhahn. Manchmal schwieg er auch und spielte versonnen mit den Schlüsseln seines Wagens, der selbstverständlich ein silbergrauer Alfa Romeo Giulietta von 1971 in Originallackierung mit roten Ledersitzen war.

Er war ein Mann, den man gern betrachtete und dem man gern zuhörte. Nur falls man im Nachhinein darüber nachgedacht hätte, was er eigentlich gesagt hatte, wäre einem aufgegangen, dass es nicht viel mehr als warme Luft gewesen war.

Und geheißen hat er Walther.

Mit T und H.

Wenn ich heute darüber nachdenke, wundere ich mich, dass ein derart italienischer Mann einen dermaßen deutschen Namen tragen konnte. Zwar ist der Name Walther in Italien nicht ganz ungeläufig, vor allem wohl in Südtirol, wie es ja umgekehrt auch in Deutschland vorkommt, dass einer Mario oder Claudio heißt; das hat dann aber doch meistens einen Grund. Meist steckt etwas dahinter, wenn einer einen exotischen Vornamen hat, ein Opa oder ein Schlager oder eine Prise Dramatik, Romantik oder Poesie aus vergangenen Zeiten, oder zumindest eine Grille. Meist wohl eine Grille der Mama.

Heute wüsste ich zu gern, welche Grille bei Walther dahintersteckte.

Damals habe ich mir nichts dabei gedacht. Ich nahm einfach zur Kenntnis, dass Walther Walther hieß. Das war halt der Walther, der da jeden Abend am Tresen *bella figura* machte und mit seiner Muratti herumfuchtelte. Ich zerbrach mir darüber nicht den Kopf, denn ich war mit anderem beschäftigt. Ich schrieb meinen ersten Roman, wie gesagt, und darin kam kein piemontesischer Tankwart vor, weil die Geschichte sich erstens in Afrika und zweitens im neunzehnten Jahrhundert zutrug, als es noch gar keine Tankstellen gab, übrigens auch keine Benetton-Pullöverchen und keine Muratti-Zigaretten.

Das mag der Grund dafür sein, dass ich Walther nie fragte, weshalb er Walther hieß. Vielleicht unterließ ich es auch aus Höflichkeit. Die Kneipe ist ja bei aller Kumpanei, die man dort pflegt, ein Ort der Diskretion. In der Kneipe schickt es sich nicht, seine Nase ungebeten in anderer Gäste Angelegenheiten zu stecken. Auch heute, da ich selbst eine Bar führe, tue ich das nicht. Als Wirt bin ich zwar zu diskreter Anteilnahme, aber auch zu anteilnehmender Diskretion verpflichtet. Und ganz sicher stehe ich nicht hinter dem Tresen, um mir Stoff für meine Bücher zu beschaffen.

Natürlich bekomme ich in der Bar Geschichten zu hören. Ich werde oft gefragt, ob ich sie aufschreibe. Das tue ich nicht, niemals. Als Wirt bin ich Wirt und schreibe nicht, da beachte ich eine strikte Gewaltenteilung. Umgekehrt zapfe ich ja, während ich an der Schreibmaschine sitze, auch niemandem ein Bier.

9

Ich suche nie nach literarischem Stoff; nicht in der Kneipe und auch sonst nirgendwo. Ich bin froh, wenn der Stoff mich in Ruhe lässt. Auch trage ich kein Notizbuch mit mir. Über die Jahre ist es zwar ein paar Mal vorgekommen, dass ich mir eines zulegte, weil ich dachte, das gehöre sich so für einen Schriftsteller. Aber dann fand ich alles, was ich niederschrieb, spätestens am folgenden Tag so albern oder gestelzt und prätentiös – und in jedem Fall belanglos –, dass ich das Notizbuch gleich wieder wegwarf.

Ich lebe mein Leben ja nicht zu dem Zweck, Stoff fürs Schreiben anzuhäufen. Alles, was ich unternehme, tue ich um der Dinge selbst willen und nicht im Hinblick auf ihre literarische Verwertbarkeit. Ich sehe und höre, lache und fühle mit meinen Mitmenschen, aber niemals suche ich ihre Nähe, um sie für mein Schreiben nutzbar zu machen. Zwar bin ich in meinem Herzen Schriftsteller rund um die Uhr und sieben Tage die Woche, aber schreiben tue ich nur, wenn ich die Finger auf der Tastatur habe und im Fundus meiner Seele krame.

Das Mädchen mit dem gelben Renault 4 habe ich nicht zu Recherchezwecken geheiratet, und meine Kinder habe ich nicht aus literarischen Gründen gezeugt. Meine Freunde sind meine Freunde und keine literarischen Pappkameraden. Ich schiebe niemanden auf die Rampe, um den künstlerischen Mehrwert abzuschöpfen.

Ich weiß, dass es Autoren gibt, die bei jeder Beerdigung, jeder Liebesnacht und jedem Kneipengespräch an literarische Verwertbarkeit denken. Ich arbeite nicht so. Das fände ich unredlich, vielleicht sogar hinterhältig; in jedem Fall wär's ein Verstoß gegen Treu und Glauben. Ich lebe, weil ich ein Mensch bin. Meine Arbeit als Schriftsteller verrichte ich zu Bürozeiten. Wenn ich nicht mehr schreiben dürfte, fände ich das zwar schade, aber es wäre für mich kein Weltuntergang. Ich würde weiterleben.

Wenn ich nach einem Abend bei Pierluigi durch den Schnee heimwärts stapfte, war ich jedes Mal froh. Ich fühlte mich glücklich und beseelt. Bis zur Piazza Garibaldi ging ich oft an Mauros Seite, dessen Wohnung über der Eisenwarenhandlung lag. Danach lief ich allein weiter, aus der Stadt und in die Nacht hinaus. Der Abend hatte sich gelohnt, ich fühlte mich reicher als am Nachmittag. Mimmo und Sergio, Mauro und Giuseppe und Pierluigi hatten mich mit ihrer Gesellschaft beschenkt. Ich trug ihre Geschenke nach Hause. Manchmal begegnete ich unterwegs einem Fuchs oder einem Reh. Zu Hause legte ich in meinem neuen Kachelofen Holz nach und fläzte mich daneben aufs Sofa, um noch eine Stunde zu lesen. Später ging ich in der kalten Schlafkammer zu Bett mit dem frohen Gedanken, dass ich ein Mensch war und den anderen angehörte.

Frühmorgens beim Aufwachen war der Ofen in der Küche immer noch warm, die Erinnerung an den Abend aber schon ein wenig verblasst. Im Lauf der Stunden und Tage zerfransten die Gedankenbilder dann vollends, lösten sich auf und vermengten sich mit den Erinnerungen an tausend andere Kneipenabende.

Ich habe einen schönen Teil meiner Jugend in Kneipen verbracht. Die meisten Abende waren zu Beginn ein wenig fad und wurden dann noch ziemlich lustig. Andere blieben öde, waren aber auf die eine oder andere Weise lehrreich. Wieder andere waren traurig oder deprimierend, manche endeten im Streit und einige in Prügeleien, und nochmal andere mit dummen Streichen oder in Liebesabenteuern.

Genossen habe ich sie alle, ich möchte keinen missen. Und so bewahre ich all jene in meinem Herzen, die diese Abende mit mir geteilt haben, Giuseppe und Sergio, Mauro und Mimmo, auch Isabella und Svenja und Ronith und Thomas und Simone und Klaus und Jean-Luc und all die anderen, denen ich über die Jahrzehnte in wechselnden Kneipen begegnet bin; denn die Kneipen ändern sich, wie schon Ovid sagte, und wir uns mit ihnen.

Diese Gefährten der Nacht sind Teil meines Wesens, und ich würde mich freuen, wenn auch in ihnen etwas von mir weiterlebte. Und weil ich ohne sie nicht wäre, wer ich bin, würde ich ohne sie nicht schreiben, was ich schreibe. Meine Erinnerungen an die Kneipenbekanntschaften sind mir kostbar. Ich hüte sie mit den Erinnerungen an meine Liebsten zu Hause und auch mit dem Andenken an die vielen Abende, die ich eben nicht in der Kneipe, sondern mit einem Buch in der Hand verbrachte. Sie sind bei weitem in der Überzahl. Ich habe viel, viel mehr Abende lesend auf dem Sofa als saufend in der Kneipe verbracht.

Ich habe als Kind sehr viel gelesen. Warum, weiß ich nicht. Vielleicht, weil ich als eingewandertes Kind ein großes Bedürfnis hatte, mich in der Welt zurechtzufinden. Vielleicht auch einfach, weil es mir Spaß machte. Ich las alles, was unser Klassenzimmer an Büchern hergab, dann bediente ich mich aus der Bibliothek der Marienkirche und aus jener meiner Mutter, die Lehrerin an derselben Grundschule war. Wir wohnten in einer Dreizimmerwohnung in der achten Etage eines Hochhauses am Stadtrand, die Wohnwand mit den Büchern und dem Plattenspieler war das Epizentrum der guten Stube. Im Verlauf der Grundschule las ich, was wir von Jeremias Gotthelf und Gottfried Keller da hatten, dann Tolstoi und Dostojewski, Tschechow und Leskow, Gontscharow und Lermontow und Turgenew, Zola und Flaubert und Maupassant; als Teenager dann Thomas Mann, Joseph Roth und Hans Fallada und noch später, als ich meine eigene Bude hatte und mir den Lesestoff auf dem Flohmarkt besorgte, John Steinbeck, Sherwood Anderson, Upton Sinclair, John Fante, Harper Lee, Carson McCullers, John Cheever, Raymond Carver, Paula Fox, Alice Munro und Frank O'Connor.

Sie alle haben mich durchs Leben begleitet, ihre Bücher stehen in meiner Bibliothek. Sie sind meine Freunde. Ich achte darauf, dass sie mir erhalten bleiben, deshalb verleihe ich sie nur ungern. Lesen muss ich sie nicht mehr, ich trage sie ja in mir. Manchmal nehme ich einen Band hervor, um die Erinnerung aufzufrischen, dann stelle ich ihn an seinen Platz zurück. Die Heldinnen und Helden meiner Bibliothek bevölkern die Landschaft meiner Seele in friedlicher Koexistenz, ihre Dramen zerfließen im Dunst der Vergangenheit und verbinden sich mit den Dramen, die ich selbst erlebt habe. Und irgendwann werden sich, während ich die Finger auf der Tastatur habe, aus diesem Dunst neue Figuren materialisieren, die in einer neuen Geschichte neue Dramen erleben, die in der realen Welt so nie stattgefunden haben.

Dann kann es geschehen, dass beispielsweise ein italienischer Tankwart in der Gestalt eines Geldwechslers in Addis Abeba seinen Auftritt hat und dass das arglose Bleichgesicht, das er in eine dunkle Gasse führt, die Züge meines jugendlichen Selbst trägt, während die herzenskluge Herbergsmutter, die den Ausgeraubten hinterher tröstet, meiner Großmutter väterlicherseits ähnelt, die mir noch Jahrzehnte nach ihrem Tod im Traum erschien, oder der Mutter eines russischen Landarztes, die ihrem Sohn aus unbehandelter Schafwolle ein wärmendes, nach Schafbock müffelndes Unterhemd strickt.

So bedient sich jeder, der eine Geschichte schreibt, aus dem Fundus seiner Seele, den er angehäuft hat mit Dingen, die er erlebt oder gesehen, gehört oder gelesen oder sonst wie erfahren hat. Es kann nicht anders sein. Man holt sich seine Mosaiksteine immer aus dem Steinbruch der Vergangenheit, niemand schöpft beim Erzählen aus der leeren Luft; nicht das Geringste. Das ist eine Sache der Chemie und des Massenerhaltungssatzes. *Rien ne se perd, rien ne se trouve, tout se transforme*, wie schon Antoine Laurent de Lavoisier 1789 wirklich genau so sagte.

10

Grundsätzlich ist es gewiss eine gute Idee, über Dinge zu schreiben, über die man Bescheid weiß; besser jedenfalls, als über Dinge zu schreiben, über die man nicht Bescheid weiß.

Weil ich mich in Kneipen und Bars ziemlich gut auskenne, beschloss ich vor ein paar Jahren, einen Roman zu schreiben, der in einer Bar spielt. Ich erfand also eine Bar namens *Sevilla Bar*, die in einer namenlosen Kleinstadt steht, und einen Wirt mit Namen Max, der im Hauptberuf Schriftsteller und seit vielen Jahren sehr verheiratet ist mit einer Strafrechtsprofessorin namens Tina.

So weit, so durchsichtig und dünn fiktionalisiert. Die erfundene Bar hat wie meine eigene einen ausgestopften Stierkopf an der Wand sowie einen prachtvollen Zinktresen und eine kleine Brauerei im Keller, und der fiktionale Wirt ist in meinem Alter und zerbricht sich über ganz ähnliche Dinge den Kopf wie ich.

Jetzt aber: Im Roman hat der Held drei Söhne, ich hingegen habe realiter fünf.

Woher diese Diskrepanz nun plötzlich?

Die Antwort lautet: Sie ist der Plausibilität geschuldet.

Wenn einer eine Geschichte erzählt, ist Plausibilität das Wichtigste. In der Realität mögen die abstrusesten Dinge geschehen, in der Fiktion hat das Unglaubwürdige keinen Platz. Das Reich der Literatur zieht seine Grenzen viel enger als das richtige Leben.

Ich kann in einem Roman nicht irgendeinen Wahnsinn erzählen, selbst wenn er sich tatsächlich zugetragen haben sollte. Fünf Söhne zum Beispiel: Das glaubt kein Mensch. So etwas kann man in einem Roman nicht machen.

»Wie jetzt, fünf Jungs und kein Mädchen?«, würde die Leserin, der Leser denken und misstrauisch die Nase rümpfen. »Na, ich weiß nicht. Wieso das denn? Gefällt mir jetzt nicht so recht. Das nehme ich dem irgendwie nicht ab.« Sie würden das Buch beiseitelegen und mein nächstes nicht mehr kaufen, und dann müsste ich Taxi fahren gehen.

Es ist für mich von existentieller Bedeutung, dass mir meine Leserschaft gebannt folgt. Mit offenen Mündern sollen sie mir lauschen, keines meiner Worte sollen sie in Zweifel ziehen. Niemand soll beim Lesen die Stirn runzeln oder den Kopf schief legen.

Denn als Autor bin ich wie alle Erzähler verwundbar.

Wenn am Kneipentisch nur ein Zuhörer die Stirn runzelt, ist meine Geschichte tot oder zumindest schwer angeschlagen. Die Stirnrunzler sind die natürlichen Feinde des Erzählers. Man muss sie in Schach halten, darf ihnen keine Gelegenheit zum Stirnrunzeln bieten. Denn Stirnrunzeln ist ansteckend; ich kann das verstehen, es gibt einem ein Gefühl von Macht. Wenn einer damit anfängt, werden alle am Tisch reihum die Stirn runzeln, und keiner wird mir mehr vorbehaltlos zuhören. Dann kann ich einpacken mit meiner Geschichte. Ich kann aufstehen, meine Zeche begleichen und nach Hause gehen.

Deshalb sind fünf Söhne zu viel. Es würde mir nicht helfen, auf die biologischen Fakten zu pochen und meinen real existierenden Nachwuchs, den ich mit dem Familienbüchlein belegen kann, als lebenden Beweis ins Feld zu führen. Mit Tatsachen kommt man, wenn es um Fiction geht, gegen die Stirnrunzler nicht an. Ich bin ja selbst einer und weiß, wovon ich rede. Die Geschichte muss plausibel sein, damit man sie erzählen kann. Das ist viel wichtiger als ihr Realitätsgehalt.

Dabei ist Plausibilität nicht dasselbe wie Wahrscheinlichkeit. Man kann ohne Probleme eine extrem unwahrscheinliche Geschichte erzählen – zum Beispiel, dass einer im Lotto zehn Millionen gewinnt. Das ist, wie wir alle wissen, sehr, sehr unwahrscheinlich, aber es kommt vor. Wir sind bereit, eine solche Erzählung zu glauben. Sie erscheint uns plausibel – gerade *weil* die Gewinnchance beim Lotto derart winzig ist, dass sie jenseits unserer Vorstellungskraft liegt und sich nicht an unserer eigenen Lebenserfahrung messen lässt.

Dass einer hingegen fünf Söhne hat, liegt im Rahmen unserer persönlichen Erfahrung. Diese Wahrscheinlichkeit können wir abschätzen. Wir wissen, wie man ein Kind zeugt und dass die Chance, dass es ein Mädchen oder ein Junge wird, nahe bei eins zu eins liegt. Auch beim zweiten Kind liegt sie bei rund fünfzig Prozent, das ist klar, ebenso beim dritten, vierten und fünften – sodass die Wahrscheinlichkeit, fünf Söhne in Folge zu zeugen, sich fünfmal in Folge halbiert und deshalb rein rechnerisch drei Komma eins zwei fünf Prozent beträgt.

Und das ist zu wenig. Eine Chance von eins zu zweiunddreißig nimmt einem in Fiction niemand ab.

Erschwerend kommt hinzu, dass schon die schiere Anzahl Kinder unglaubwürdig ist. Wer hat denn heute noch fünf Kinder, bitte schön. Quäker oder Mormonen vielleicht oder Leute, die für eine Hormonbehandlung nach Italien gefahren sind.

Aber nicht gewöhnliche Menschen nördlich der Alpen in einer gewöhnlichen Bar.

Deshalb hat mein fiktiver Barkeeper nur drei Söhne. Die Wahrscheinlichkeit dafür liegt bei zwölf Komma fünf Prozent.

Eins zu acht.

Immerhin.

Das geht grad noch so durch.

Die Gäste, die ich in dem Kneipenroman auftreten ließ, habe ich erfunden – das heißt, ich habe sie wie Doktor Frankenstein zusammengefügt aus Wesenszügen, Marotten und körperlichen Merkmalen, die mir wohl an wirklichen Menschen irgendwann aufgefallen sind. Nach einem Jahr war ich fertig mit dem Buch, es wurde gedruckt und kam in die Buchhandlungen. Natürlich konnte es nicht ausbleiben, dass manche meiner Stammgäste das Buch kauften, um es ganz sorgfältig daraufhin zu lesen – sie scannten es geradezu, ich weiß es schon –, ob sie selber diesmal auch darin vorkamen; dies so halb hoffend und halb befürchtend. Und dann gab es tatsächlich den einen oder anderen, der sich in einer Figur wiedererkannte, vorzugsweise in einer positiv besetzten, einem Helden. Das waren aber ganz sicher immer die, an welche ich beim Schreiben mit keinem Gedanken gedacht hatte, die ich vielleicht nicht mal kannte und noch nie bewusst wahrgenommen hatte. Andere hingegen, die sich durchaus hätten portraitiert oder karikiert fühlen dürfen, merkten es nie. Der Mensch erkennt sich nicht, wie schon Sokrates sagte.

II

Manchmal bedaure ich es doch, nie Tagebuch geführt zu haben und dass ich während der langen Abende bei Pierluigi kein Notizbuch dabeihatte. Heute zum Beispiel wüsste ich sehr gern, weshalb Walther Walther heißt. Schade, dass ich vor dreißig Jahren nicht auf die Idee kam, es herausfinden und aufschreiben zu wollen …

Denn wenn ich kurz nachrechne, muss Walther doch, wenn er damals um die fünfzig war, in den frühen Vierzigern des zwanzigsten Jahrhunderts zur Welt gekommen sein. Das war aber die Zeit, als die Wehrmacht durch die Via Cavour stiefelte. Da müssen Walthers Eltern, denke ich mir, schon verdammt starke Gründe gehabt haben, ihren Neugeborenen auf einen derart deutschen Namen taufen zu lassen. Etwas muss dahinterstecken, was größer ist als eine Grille; eine Komödie oder ein Drama, eine Liebesgeschichte vielleicht gar.

Aus heutiger Sicht lässt sich leicht sagen, was ich damals hätte tun sollen: Als Erstes Walther selbst befragen, und wenn aus ihm nichts herauszukriegen gewesen wäre, seine Eltern ausfindig machen. Die hätten ja wohl Bescheid gewusst. Hingegen scheint mir ungewiss, ob sie ihr Familiengeheimnis einem dahergelaufenen Fremden ohne weiteres anvertraut hätten.

Vermutlich hätte ich mich auf die Mutter konzentrieren müssen. Erstens war sie, wie ich anzunehmen wage, die entscheidende Instanz bei der Namenwahl gewesen, und zweitens reden Frauen gemeinhin leichter über persönliche Dinge als Männer. Wenn das ein Klischee ist, entspricht es immerhin meiner Lebenserfahrung und hat insofern für mein Empfinden trotzdem Hand und Fuß.

Ob Walthers Mutter das Geheimnis für mich gelüftet hätte? Ich bin ein Mann. Die meisten Frauen reden lieber mit Frauen als mit Männern. Mag sein, dass auch das ein Klischee ist. Aber ich selbst rede auch entspannter mit Männern, und das ist kein Klischee. Stolz bin ich nicht darauf. Ich arbeite daran, das zu ändern. Aber vor dreißig Jahren, da bin ich mir sicher, wäre das nichts geworden zwischen mir und Walthers *Mamma*.

Vermutlich hätte ich Nadja vorschicken müssen. Sie liebt ältere Damen, und ältere Damen lieben sie. Das war schon immer so. Ich erinnere mich, wie Nadja sich als junges Mädchen in Asmara in eine Ärztin von *Médecins Sans Frontières* verliebte, und wie in der Markthalle von Sheffield zwischen ihr und einer Fischhändlerin, die uns einen Seewolf verkaufte, der Funke sprang. Nadja hat Brieffreundschaften mit Rosetta in Turin und mit Odile in Genf, und jedes Mal, wenn ihr eine ältere Dame wegstirbt, ist sie wirklich traurig.

Kein Zweifel, dass sie mit Walthers *Mamma* zurechtgekommen wäre. Aber hätte sie sich überhaupt auf die Sache eingelassen? Nadja lässt sich nicht gern vorschicken. Sie ist keine Frau, die vorgehaltenen Karotten hinterherläuft. Ich hätte ihr die Sache möglichst beiläufig unter die Nase reiben müssen, damit sie selbst neugierig geworden und Walthers *Mamma* aus eigenem Antrieb aufgesucht hätte.

Vermutlich hätte das nicht geklappt. Ich bin ein schlechter Einfädler. Nadja wäre mir nicht auf den Leim gegangen.

Aber wenn es geklappt hätte, wäre ich unten im gelben Renault 4 geblieben, während sie oben mit Walthers Mamma ältlichen Tee trank, staubige Biscotti knabberte und nach nicht enden wollenden Präliminarien die ganze Geschichte um Walthers Vornamen in aller gebotenen Gründlichkeit erörterte. Stunden später wäre sie wieder aus dem Haus gekommen, hätte sich zufrieden seufzend in den Beifahrersitz fallen lassen und mir alles erzählt, während wir wie zwei Einbrecher nach erfolgreichem Beutezug nach Hause gefahren wären. Sie hätte mir die gute Stube beschrieben mit den Häkeldeckchen, dem Wellensittich und dem Hochzeitsfoto neben der gläsernen Schale mit den Zuckerdrops und der venezianischen Hinterglasmalerei, und dann auch Walthers *Mamma* mit ihren Stützstrümpfen, dem rosa Haar und dem hellblau geblümten Rock. Eventuell hätte ich erfahren, wie man für den Randensalat eine Sauce zubereitet, indem man Sardellen in warmem Essig auflöst, und wie man Mandeln für Amaretti röstet.

Und irgendwann, wahrscheinlich hätte ich nachfragen müssen, hätte sie mir auch erzählt, welche Grille hinter Walthers Vornamen steckt; die Geschichte eines armen Wehrmachtsoldaten zum Beispiel, der 1943 draußen in der Kaserne wohnte, abends stets unbewaffnet und allein auf Freigang ging und – mit einer Brioche in der Pistolentasche – unten am Fluss um Verzeihung flehend Schubertlieder sang.

Gut möglich, dass dieser Walther ein rotwangiger Jüngling und Lehrerssohn aus Travemünde, Osnabrück oder Friedrichshafen war, noch keine zwanzig vielleicht und im Herzen noch ein Kind, und dass er eigentlich gar nicht Walther, sondern Franz hieß, weil schon seine Mutter eine Schwäche für Schubert gehabt hatte. Dann könnte es sein, dass an den Abenden, an denen Franz seine Lieder sang, am gegenüberliegenden Ufer ein paar Mädchen aus der Via Cavour im Gras saßen und ihm unauffällig lauschten, und dass sie mit der Zeit mutiger wurden, ihm über den Fluss hinweg applaudierten und *»Bravo, Walther, bravo!«* riefen.

Denn die Mädchen des Städtchens trieben seit Herbst 1943 ihren nicht einklagbaren Spott mit den fremden jungen Burschen, indem sie sie allesamt »Walther« nannten; dies in Anspielung auf die Ordonanzpistolen, welche die Soldaten an der Seite trugen. Sogar den kindhaften Franz riefen sie so, der seine Walther P38 ja gar nie dabeihatte.

Ich könnte mir vorstellen, dass eines der Mädchen irgendwann wie zufällig auf der Straße vor Franz herging, als dieser in die Kaserne zurückkehrte, und dass sie ihren Schritt immer mehr verlangsamte, bis er nicht mehr anders konnte, als sie zu überholen und ihr einen guten Abend zu wünschen, worauf sie ihn anlachte und *»Buona sera, Walther!«*, sagte. Dann würde es in der Logik der Sache liegen, dass zwischen den beiden in den folgenden Tagen und Wochen weitere zarte Begegnungen dieser Art stattfanden, und dass das Mädchen, um ihn zu necken, sich partout nicht an den Namen Franz gewöhnen wollte, sondern ihn immer weiter Walther nannte, bis dieser eines Morgens Befehl erhielt, auf die Ladefläche eines Opel Blitz zu steigen und sich mit seinen Kameraden über den Brenner in den Norden karren zu lassen, während das Mädchen in der Via Cavour zurückblieb, eine Weile noch die gelernten deutschen Vokabeln rekapitulierte und als einziges Andenken an ihren Walther im Gesangbuch einen getrockneten Strauß Primeln verwahrte.

12

Aber vermutlich war es nicht so. Vermutlich war es ganz anders, die Möglichkeiten sind zahllos. Es wäre ein großer Glücksfall, wenn ich auf Anhieb die Variante erraten hätte, die den tatsächlichen Ereignissen nahekommt. Und in jedem Fall ist es für all das jetzt zu spät. Es ist zu spät für Tee, Biscotti und getrocknete Blumensträuße, Walthers *Mamma* weilt mit an Sicherheit grenzender Wahrscheinlichkeit nicht mehr unter uns. Sie wäre wohl über hundert Jahre alt.

Gut möglich hingegen, dass Walther noch lebt. An der Tankstelle wird er nicht mehr stehen, trotzdem sollte er leicht zu finden sein. Die Stadtverwaltung wird schon wissen, wo er steckt. Ob er selbst überhaupt weiß, wieso er Walther heißt? Es ist ein altbekanntes Phänomen, dass viele von uns, die wir uns für alles Mögliche interessieren, über die eigenen Angelegenheiten erstaunlich schlecht informiert sind.

Oft sind es eher die Nachbarn, die Bescheid wissen. Allenfalls müsste man bei denen nachfragen. Getrost sparen kann man sich hingegen einen Besuch bei Walthers Kindern, falls er welche hatte, und erst recht bei den Enkeln. Nachfahren wissen nie etwas. Ich selbst habe keinen blassen Schimmer über die Irrungen und Wirrungen meiner Eltern, und erst recht nicht über jene meiner vier Großeltern; von meinen acht Urgroßeltern kenne ich nicht einmal die Namen. Meine Söhne, will ich doch hoffen, haben auch keine Ahnung, was ich so getrieben habe in meinem Leben. Es interessiert sie nicht, und das ist gut so. Die sollen sich um ihren eigenen Kram kümmern.

Wenn auch die Nachbarn nichts wissen, müsste man auf ein Glas in die Bar gehen. Pierluigi ist nicht mehr da, er hat das Lokal vor Jahren seiner Tochter Bruna übergeben. Die Bar heißt jetzt *Da Bruna* und hat eine Website mit Fotos. Im kleinen Saal, in dem einst die alten Scopa-Spieler saßen, ist jetzt eine Weinhandlung eingerichtet. Den Flipperkasten gibt es nicht mehr, und das Rauchen ist natürlich verboten. Aber die Neonröhren, ich fasse es nicht, hängen immer noch an der Decke und beleuchten die Bar wie eine Leichenhalle.

Meine Freunde Mauro, Sergio, Giuseppe und Roberto sind auf den Fotos nicht zu sehen. Trotzdem nehme ich an, dass sie noch da sind; wohin sollten sie schon gegangen sein. Wenn ich auf der Suche nach Walthers Geschichte wäre, würde ich mich zu ihnen setzen, eine Runde aufs Wiedersehen bestellen und dann mal schauen, wie die Sache sich entwickelt. Vielleicht, wer weiß, würde sogar Walther hereinkommen und am Tresen einen Martini schlürfen.

Sicher ist eines: Die Zeit drängt. Jemand müsste sich zeitnah drum kümmern. Denn nicht mehr lange, dann werden alle, die Walthers Eltern gekannt haben, tot sein, und kurz darauf werden nacheinander alle sterben, die jemals bei ihm Benzin getankt haben. Auch Walther selbst wird bald ins Jenseits übertreten, ebenso Pierluigi und Mauro sowie Sergio und Roberto und Mimmo und ich, und hoffentlich erst danach das Mädchen mit dem gelben Renault 4, und erst sehr viel später meine Söhne. Dann wird es für alle Zeiten unmöglich sein, dass jemand das Geheimnis um Walthers Vornamen lüftet, weil niemand mehr überhaupt noch wissen wird, dass es einst im Piemont einen Tankwart namens Walther gab.

Über kurz oder lang wird Walthers Andenken erlöschen, das ist der Lauf der Dinge. Er wird – wie wir alle – zurückkehren ins namenlose Dunkel, aus dem er für die Dauer seines Lebens aufgetaucht ist. Dann wird es egal sein, weshalb er so geheißen hat. Es wird sich erledigt haben. Langfristig erledigt sich alles auf der Welt.

Bei meiner Arbeit als Erzähler wundere ich mich immer wieder, wie wenige Spuren wir hinterlassen in der Zeit, die uns gegeben ist. Zwar neigen viele von uns dazu, so manches, was uns widerfährt und was wir tun, für sehr bedeutsam und der Erinnerung würdig zu halten. Tatsächlich aber ist alles – wirklich alles! –, kaum dass es vorüber ist, schon vorbei und vergessen. Spätestens wenn alle tot sind, die uns gekannt haben, wird sich niemand mehr an uns erinnern. Ein bisschen kräuselt sich noch die Oberfläche des Wassers für eine Weile, dann legt sich auch dies. Übrig bleiben ein paar Daten des Einwohnermeldeamts, vielleicht ein Zeitungsartikel da oder dort, allenfalls eine Erinnerungsplakette. Aber die müsste jemand, um sie zu finden, erst suchen. Und dann auch lesen.

So geraten wir in Vergessenheit, und das ist gut so. Ich finde, es wäre unserer Spezies und dem Planeten am besten gedient, wenn jeder Mensch diesen Ort möglichst so verlassen würde, wie er ihn angetroffen hat; vielleicht sogar ein bisschen sauberer. Es kann ja nicht das Ziel sein, dass für jeden von uns zum ewigen Angedenken eine Cheopspyramide errichtet wird. Das würde sonst rasch ein bisschen voll werden hienieden.

13

Es waren stille Abende bei Pierluigi. Eigentlich ereignete sich nie etwas. Wir tranken, rauchten und redeten. Es gab Gesprächsthemen, die immer wiederkehrten. Giuseppe sprach über Straußensalami, Sergio schimpfte über die kleinen Fascho-Scheißer am Gymnasium und Mauro wollte immer wieder hören, wie zufrieden ich mit meinem tollen Kachelofen war. Ansonsten sprachen wir über Edoardo Bennato, Paolo Conte und die Juve, über die Spielregeln des Pallone Elastico und die Vorteile von Trockensumpfsystemen in Motorrädern, über die Emigration nach Costa Rica und die richtige Zubereitung einer Farinata im Holzofen, über die Brigate Rosse und Fluch und Segen des Katholizismus sowie über Luigi Colani, Silvio Berlusconi und das Wetter, vielleicht auch mal über den Unterschied zwischen Freundschaft und Ehe oder über Beppe Fenoglio und Primo Levi, die Uva Americana und die Dynamitfabrik in Cengio, die Schließung des Krankenhauses in Millesimo und die Zuverlässigkeit eines gut gewarteten Opel Ascona, wie Roberto einen hatte, im Vergleich zu Walthers schönem und schnellem, aber kapriziösem Alfa Romeo Giulietta von 1971.

Frauen sah man kaum in der Bar. In den Neunzigern gingen Frauen noch nicht in die Kneipe; nicht in Italien. Höchstens, dass mal einer seine Freundin oder die Gattin auf einen Martini mitbrachte, bevor er sie ins Kino oder zum Essen ausführte. Aber meistens waren wir Männer unter uns.

In einer besonders stillen Winternacht aber geschah es, dass das Städtchen kurz nach zweiundzwanzig Uhr in Aufregung geriet. Es hatte seit dem Nachmittag geschneit, der Schnee lag knöcheltief in den Gassen und schluckte den wenigen Lärm, den eine italienische Kleinstadt nach zwanzig Uhr noch macht; das Bellen eines Hundes vielleicht, oder das Brummen eines heimwärts fahrenden Traktors.

Ich saß bei Pierluigi am Schaufenster und hatte eben mein drittes Glas Barbaresco bestellt. Auch Giuseppe, Mauro und Sergio waren da. Mimmo stand am Flipperkasten. Walther plauderte im Stehen. Pierluigi wischte seinen Tresen und lächelte philosophisch. Im Hinterzimmer spielten die Alten Scopa und rauchten.

Alles war wie stets. Die Schaufenster waren beschlagen. Eine Neonröhre flackerte. Sie flackerte seit Wochen. Das schien niemanden zu stören. Mich störte es. Pierluigi machte keine Anstalten, sie auszuwechseln. Das Geflacker trieb mich in den Wahnsinn. Es brachte mich an den Rand eines epileptischen Anfalls. Die anderen bemerkten nichts, oder sie ließen sich nichts anmerken. Manchmal zog ich in Erwägung, beim nächsten Besuch eine neue Röhre mitzubringen, die Maße hatte ich heimlich längst abgeschätzt. Aber ich ließ es bleiben. Ich hatte schon gelernt, dass man sich, wenn's irgendwie geht, nicht in die Angelegenheiten anderer Leute einmischen soll.

Besonders, wenn man ein Auswärtiger ist.

Die Leute wissen das zu schätzen.

Überall auf der Welt.

Sie merken schon selbst, wenn bei ihnen eine Röhre flackert.

Und tun was, wenn sie die Zeit für gekommen halten.

Oder auch nicht.

Pierluigi hielt die Zeit offensichtlich für noch nicht gekommen.

An jenem Abend also war alles wie immer, bis kurz nach zweiundzwanzig Uhr plötzlich etwas in der Luft lag – etwas wie ein Summen oder Vibrieren, nicht gerade wie ein Erdbeben, das wäre zu viel gesagt, eher eine merkwürdige, ungewohnte Unruhe, die sich anfühlte wie das Flirren von tausend Flügelschlägen oder das Dröhnen einer U-Bahn, die in großer Tiefe durchs Erdreich fährt. Dabei gab es im Städtchen gar keine U-Bahn, auch keine Straßenbahn, nicht mal einen Bus.

Wir warfen einander fragende Blicke zu, dann schauten wir hinüber zum Tresen. Pierluigi und Walther zuckten mit den Schultern und drückten zum Zeichen ihrer Ratlosigkeit das Kinn auf die Brust. Die Alten hinten im Saal schmetterten weiter ihre Karten auf den Tisch und krakeelten und rauchten. Auch Mimmo flipperte weiter, als ob nichts sei. Der Flipperkasten klingelte und schepperte in der Stille, ein dreifaches Klacken verkündete drei Freispiele.

In jenem Augenblick konnten wir alle noch nicht wissen, dass diese Unruhe, die wir empfanden, ihren Anfang ganz woanders genommen hatte, am anderen Ende des Städtchens nämlich, bei der Michaelskirche. Sie ist nur sieben Gehminuten von Pierluigis Bar entfernt und leicht zu finden. Man geht die Via Cavour hinunter und überquert den Fluss auf dem eisernen Fußgängersteg, den die Alliierten nach dem Zweiten Weltkrieg gebaut haben. Dann biegt man nach links ab und geht unter den Arkaden bis zur Piazza San Michele.

14

Bei der Michaelskirche nämlich war kurz nach zweiundzwanzig Uhr der Küster mit wehendem Talar durchs Hauptportal ins Freie gestürmt. »*Aiuto! Aiuto!*«, hatte er in die Nacht hinausgerufen, war über die Piazza getorkelt wie ein geköpftes Huhn und hatte eine mäandrierende Fährte in den jungfräulichen Schnee gezeichnet.

Links und rechts gingen Lichter an und flogen Fenster auf. Eine Männerstimme forderte brüllend Ruhe, eine andere erkundigte sich brüllend, was es verdammt nochmal um diese Uhrzeit so zu brüllen gebe. Der Küster verlangsamte seine Schritte und drehte in der Mitte der Piazza eine letzte Pirouette, reckte flehend die Arme gen Himmel und sank in den Schnee.

Eine Tür ging auf, eine Frau trat heraus. Sie schlurfte durch den Schnee, fasste den Küster am Arm und half ihm auf die Beine. Eine zweite Frau eilte herbei, eine dritte und eine vierte. Sie umringten ihn, wischten ihm den Schnee vom Talar und redeten auf ihn ein. Allen quoll weißer Dampf aus dem Mund. Männer kamen keine herbei. Damals hegten Männer gegenüber Talaren noch eine herablassende Scheu und überließen Kontakte zum Klerus, wenn sie denn unvermeidlich waren, lieber ihren Frauen. Diese Ungleichheit zwischen den Geschlechtern hat sich seither immerhin erledigt. Heute befleißigen sich Mann und Frau in kirchlichen Dingen, Gott sei's gedankt, fast überall derselben vernunftbasierten Gleichgültigkeit.

Der Küster schien allmählich die Fassung zurückzuerlangen. Sanft befreite er sich aus der Umklammerung der Frauen. Ruhe gebietend hob er die Hand, dann berichtete er den Umstehenden, was vorgefallen war. Er sprach leise, die Frauen mussten Augen und Münder aufreißen, um keines seiner Worte zu verpassen. In einem Hinterhof bellte ein Hund, in der Ferne antwortete ein anderer Hund. Als der Küster geendet hatte, löste sich eine Frau aus dem Pulk und rannte nach Hause, um die Carabinieri anzurufen. Wenige Minuten später fuhr mit Sirenengeheul und Blaulicht ein Streifenwagen vor.

Es war ein schwarzer Fiat Uno. Er war hübsch anzuschauen mit seinem drehenden Blaulicht und den zwei signalroten waagrechten Streifen über den Seitentüren. Mag sein, dass der italienische Staat nicht der bestorganisierte der Welt ist, aber seine Ordnungshüter haben Stil. Die wissen, worauf es ankommt. Es reicht ein roter Streifen auf schwarzem Blech, und schon sieht auch ein Fiat Uno gut aus.

Der Wagen zog eine Spur in den Schnee und kam in einiger Entfernung zu den Frauen und dem Küster zum Stillstand. In der Zwischenzeit waren noch mehr Frauen hinzugekommen, der Küster war im Pulk nicht mehr zu sehen. Die Sirene verstummte, die blaue Rundumleuchte drehte weiter und warf einen irrlichternden Schein über den Schnee. Links und rechts gingen die Seitentüren auf, zwei Carabinieri stiegen aus. Der eine war ein birnenförmiger Korporal, der andere ein trichterbrüstiger Gefreiter. Obwohl die beiden nicht gerade Gardemaße hatten, sahen sie knackig aus mit ihren roten Streifen an den schwarzen Hosen, den breiten weißen Ledergürteln und den strammen schwarzen Reitstiefeln.

Die Frauen und der Küster bewegten sich als schwarze Wolke auf die Carabinieri zu. Der Korporal und der Gefreite verhakten ihre Daumen in den Gürteln, machten dienstliche Gesichter und ließen sich umzingeln. Nachdem der Küster auch ihnen berichtet hatte, was geschehen war, lief der Korporal in die nächstgelegene Bar, um den Maresciallo anzurufen. Denn dieser Fall war zu groß für einen Korporal und einen Gefreiten. Da musste der Chef ran.

Er aber war längst nicht mehr im Büro. Er saß zu Hause auf dem Sofa neben seiner Gattin, trug ein geripptes Unterhemd und eine ausgebeulte Trainingshose und schaute »Derrick« in italienischer Synchronfassung. Die Sendung hatte erst begonnen, Stefan Derrick und Harry Klein fuhren bei einer dieser immergleichen Millionärsvillen vor. Als das Telefon klingelte, schaltete der Maresciallo den Fernseher stumm und legte die Fernbedienung auf den Salontisch, zog ächzend den Hörer mit dem Spiralkabel heran und sagte »*Pronto?*«.

Nachdem er sich angehört hatte, was der Korporal ihm zu sagen hatte, legte er den Hörer zurück auf die Gabel und schaltete den Ton des Fernsehers wieder ein. Dann seufzte er und hievte sich aus dem Sofa. Die Sache war klar, da musste er ran. Er ging ins Schlafzimmer und zwängte sich nochmal in seine Operettengeneralsuniform, die reich geschmückt war mit klirrenden Orden, goldenen Tressen und allerlei Lametta, und als er mit allem fertig war, warf er einen prüfenden Blick in den Spiegel, stieg in seine Stiefel und kehrte zurück ins Wohnzimmer, küsste seine Frau auf die Wange, die weiter »Derrick« schaute, und rief ihr im Flur über die Schulter zu, dass er in spätestens einer Stunde wieder daheim sein werde.

15

Die Sache war die: Jemand hatte in der Michaelskirche den Opferstock aufgebrochen. Unbekannte Täterschaft hatte das hölzerne Türchen aufgewuchtet und die dahinterliegende Kassenschublade geleert. Es war ein kleiner Opferstock, viel Geld konnte nicht drin gewesen sein. Zudem bezahlte man damals noch in Lire. Was aber schwer wog, war der ideelle Schaden – dass einer es gewagt hatte, im Mutterland der heiligen römisch-katholischen Kirche einem ihrer Gotteshäuser einen solchen Frevel anzutun. Das war von ganz anderer Tragweite als, sagen wir, eine eingeworfene Fensterscheibe oder eine Prügelei unter Betrunkenen, oder ein falsch geparktes Auto.

Und so stand der Maresciallo um zweiundzwanzig Uhr dreiundzwanzig auf der Piazza San Michele und hörte sich noch einmal an, was der Korporal ihm zu sagen hatte. Dann hörte er sich an, was der Küster und die ihn umringenden Frauen ihm sagten, und dann auch noch, was jener Anwohner zu sagen hatte, der den ganzen Abend am Fenster gestanden und ganz genau gesehen hatte, wer's gewesen war.

Ein Albaner war's gewesen. Jawohl, ein Albaner, der da so auffällig langsam aus der Kirche geschlichen und in die Seitengasse dort drüben verschwunden war. Nein, er kannte den Mann nicht und hatte ihn nie zuvor gesehen, aber es war gewiss ein Albaner gewesen, wenn er es doch sagte. Wodurch sich ein Albaner optisch nachts um zehn im Schneetreiben von einem Italiener unterscheide, sei schwer zu sagen, schon klar. Trotzdem sei er sicher, dass es ein Albaner war, er werde ja wohl noch einen Albaner erkennen, wenn er einen sehe. Übrigens falle ihm ein, wo er so drüber nachdenke, dass der Albaner etwas in der Hand trug, etwas wie ein Brecheisen oder einen Schraubenzieher, als er dort hinten in die Seitengasse verschwand.

Der Maresciallo hörte sich das an und nickte. Er wusste, dass zu jener Zeit an allem, was in Italien geschah oder unterblieb, stets die Albaner schuld waren; auch und besonders in Gegenden, in denen es überhaupt keine Albaner gab.

Jemand musste halt die Schuld an allem auf sich nehmen, das war nun mal so. Nicht nur in Italien, sondern überall auf der Welt. Auch in Albanien, wie man hörte. Meist waren es die zuletzt ins Land Gekommenen. Falls längere Zeit niemand ins Land kam, mussten eben Alteingesessene die Aufgabe übernehmen. Meist erwählte man dafür eine kleine Gruppe von Wehrlosen, die ganz sicher nicht zurückbeißen konnten.

Der Maresciallo ging die Freitreppe hinauf und durchs Kirchenportal, um sich den Opferstock anzuschauen. Er bestand aus einem weiß bemalten, mit Blattgold verzierten Kasten, dessen Einwurfschlitz mit Zinkblech eingefasst war. Das Türchen stand offen. An der Stelle, an der die Hebelkraft eines Schraubenziehers oder Brecheisens eingewirkt hatte, war Holz abgesplittert. Die Kassenschublade lag am Boden. Sie war leer und aus Weißblech, die Lötstellen waren angerostet.

Der Maresciallo winkte den Korporal herbei. Man würde Fingerabdrücke nehmen und die Trümmerteile sichern müssen, am nächsten Morgen würde der Schreiner den Schaden beheben können. Eine halbe Stunde Arbeit, höchstens eine Stunde.

Draußen auf der Piazza war es still geworden. Die Frauen waren in ihre Häuser zurückgekehrt. Der Küster war verschwunden. Die Gaffer an den Fenstern hatten die Vorhänge zugezogen. Der Korporal und der Gefreite standen beim Fiat Uno und warteten auf Anweisungen.

Das Kirchenportal ging auf, der Maresciallo kam heraus. Er lehnte sich gegen eine der dorischen Säulen, die das Portal flankierten, und steckte sich eine MS an. Es waren die neunziger Jahre, wie bereits mehrfach erwähnt, damals rauchten sogar Polizisten. Tief sog er den Rauch ein und ließ den Blick über die Piazza schweifen. Vor einer halben Stunde noch war sie jungfräulich schneebedeckt gewesen, jetzt war sie übersät mit Fußstapfen. Ein paar von ihnen mussten jene des Opferstock-Räubers sein.

Und wie der Maresciallo so dasteht und nachdenklich die schneebedeckte Piazza San Michele überblickt, fühle ich mich ihm in meinem Beruf als Erzähler wesensverwandt. Wenn ich einen Roman schreibe, stehe ich wie er vor dem Schneefeld der Vergangenheit und versuche mir aus den Fußstapfen, welche die Menschen hinterlassen haben, einen Reim zu machen. Es sind verdammt viele Fußstapfen, denn in der Vergangenheit sind sehr viele Leute umhergelaufen.

Zu Beginn verwirrt mich das Gewimmel jedes Mal. Ich kann nicht erkennen, welche Fußstapfen zueinander gehören und was das überhaupt für Leute waren, die da auf dem Schneefeld umhergerannt sind, und noch weniger, ob ihre Rennerei eine Richtung, ein Ziel oder einen Zweck hatte. Dann muss ich die Augen zusammenkneifen, tief durchatmen und warten. Manchmal hilft es, wenn ich meine Gletscherbrille aufsetze, dann versinken die Details und werden die großen Linien erkennbar. Mit der Zeit kristallisiert sich meist die Möglichkeit einer Fährte heraus. Der folge ich dann.

Der Maresciallo und ich, wir wollen beide herausfinden, was passiert ist. Wer ist wann in welche Richtung durch den Schnee gestapft? Und warum? Wir stoßen auf eine Fährte und folgen ihr so lange durch den Schnee, bis wir eine mögliche Lösung gefunden haben für das Rätsel, das wir uns vorgängig gestellt haben.

Der Maresciallo hatte an jenem Abend die dienstliche Aufgabe, den Räuber aufzuspüren. Dessen Fluchtweg begann am Opferstock, so viel war klar, und endete an dem Ort, an dem er, mutmaßlich mit der Beute, aktuell gerade steckte. Im Innern der Kirche lag kein Schnee, deshalb fand der Maresciallo den ersten Fußabdruck nicht unmittelbar beim Opferstock, sondern draußen zwischen den dorischen Säulen des Kirchenportals, wo der Wind feinen Schneeflaum hingeweht hatte. Nun brauchte er nur in Schrittlänge vor diesem Abdruck einen zweiten Abdruck zu suchen, dann den dritten und den vierten und immer so weiter. Die Fährte würde ihn unfehlbar zum Täter führen.

Eigentlich ganz einfach.

Aber so einfach ist es nicht. Im Gewimmel der Fußstapfen kann es leicht geschehen, dass man irrtümlich zwei Fußabdrücke miteinander in Verbindung setzt, die gar nichts miteinander zu tun haben. Und schon folgt man einer falschen Spur.

Eine Fährte ist immer eine Kausalkette und als solche eine

metaphysische Behauptung, die letztlich nicht zu beweisen ist. Empirisch belegen lassen sich nur die einzelnen Fußstapfen, nicht aber die Schritte, die sie verbinden. Denn die Beine, welche die Schritte gemacht haben und der einzig mögliche Beweis wären, sind nicht mehr da.

Zuweilen geschieht es, dass ich als Fährtenleser eine Spur verliere. Die Fährte scheint abzubrechen, die verfolgte Person sich in Luft aufgelöst zu haben. Das aber ist unmöglich, wir Menschen können nicht fliegen. Die Spur bricht nie ab, es sei denn, der oder die Verfolgte läge tot auf dem Weg oder säße lebendig im Schnee und äße ein Käsebrot.

Vielleicht ist die Spur nur deshalb nicht mehr zu sehen, weil der Wind sie verweht hat oder eine Rotte Wildschweine drübergerannt ist, oder der Schnee ist geschmolzen und darunter kam der nackte Fels zum Vorschein. Es kann auch sein, dass mein Blick nicht scharf genug ist oder dass ich am falschen Ort nach der Fährte suche. Oder dass der Hase, den ich verfolge, einen Haken geschlagen hat.

Eines erleichtert das Fährtenlesen enorm: die Tatsache, dass jedes Menschen Weg, wenn nicht gar einen Sinn, so doch zumindest eine gewisse Logik hat. So lässt sich die Lage des jeweils nächsten Fußabdrucks mit einiger Wahrscheinlichkeit voraussagen. Zwar zieht jeder lebendige Mensch gelegentlich eine überraschende Kurve oder dreht eine Pirouette. Aber die allgemeine Richtung bleibt im großen Ganzen dieselbe.

Sie führt uns von der Morgenröte zur Abenddämmerung,
vom Kino in die Kneipe,
von der Aufregung zur Gewöhnung,
von der Geburt zum Tod.

Deshalb kann es hilfreich sein, in der vermuteten Richtung weiterzugehen, bis die Fußstapfen wieder deutlich in den Schnee gezeichnet sind. Oft werden dann in der Rückschau, weil der Lichteinfall ein anderer ist, die zuvor noch unsichtbaren Spuren klar erkennbar.

16

Ich habe einmal in einem Roman die Geschichte einer lebenslangen Liebe beschrieben, die mein Großvater Léon Capus in Paris mit einer Frau gelebt hat, die nicht meine Großmutter war. Es war eine Geschichte, die Großvater für sich geheim hielt. Trotzdem wusste die ganze Familie Bescheid über die Existenz Mademoiselle Janviers, und dass sie mit Vornamen Louise hieß. Wir stellten keine Fragen, rissen keine Witze und machten keine Andeutungen, zumindest nicht in Großvaters Anwesenheit; das war eine Sache des Respekts. Wir respektierten auch, dass Großvater heimlich ein Hausboot auf der Seine besaß. Wenn er nicht zu Hause war und jemand fragte, wo er stecke, antwortete man: »Ach, der wird wohl auf seinem Boot sein.« Aber wenn er dann wieder da war, erwähnte man das Boot mit keiner Silbe.

Die Geschichte von Léon und Louise war eine Geschichte, die ich unbedingt erzählen wollte. Ich bin Schriftsteller von Beruf, Schriftsteller sind indiskrete Leute. Aber die Geschichte war geheim. Solange Großvater am Leben war, konnte ich sie nicht erzählen. Nach seinem Tod erodierte diese Geheimhaltungspflicht. Und nachdem zwanzig Jahre später auch mein Vater verstorben war, fühlte ich mich halbwegs frei, sie zu erzählen. Ich schrieb für mich im Stillen, mit Widerstand von Cousins und Tanten wäre zu rechnen gewesen.

Das Hausboot gab es nicht mehr, aber ein paar von Großvaters Fußstapfen waren noch erkennbar. Sehr viele waren es nicht. Ich fand keine Fotos oder Briefe, auch keine Tagebücher oder sonstigen Aufzeichnungen, die Zeugnis abgelegt hätten von der Liebe, die Léon und Louise fast durchs ganze zwanzigste Jahrhundert verbunden hat.

Es war offensichtlich, dass Großvater sich zeitlebens große Mühe gegeben hatte, seine Fährte zu verwischen. So hatte er sein Geheimnis, über das wir alle Bescheid wussten, mit ins Grab genommen. Und die wenigen Fußstapfen, die er zurückließ, lagen begraben unter dem Schnee der zwanzig Winter, die seit seiner Beerdigung auf dem Cimetière de Gentilly ins Land gezogen waren.

So musste ich, als ich die Fährte aufnahm, mir über weite Strecken vieles vorstellen. Ich malte mir Léons und Louises jugendliche Verliebtheit im Ersten Weltkrieg aus, dann die Jahre der Trennung während der Weltwirtschaftskrise, ihr Wiedersehen in der Pariser Metro und die schweren Jahre unter nazideutscher Okkupation.

Bei den Recherchen zu dieser Epoche stieß ich auf ein unfassbar verabscheuungswürdiges Monstrum in der historischen Figur des SS-Standartenführers Helmut Knochen, der in Paris die Sicherheitspolizei befehligte und Léons und Louises Wege gekreuzt haben muss – ein archetypisches Scheusal, das in die Geschichte einging als einer der ruchlosesten, grausamsten und blutgierigsten Verbrecher aller Zeiten.

Zu Beginn erschien es mir allzu abgeschmackt und albern, dass ein SS-Mann, der viele tausend Menschenleben auf dem Gewissen hatte, in meinem Roman ausgerechnet Knochen heißen sollte. Und dann auch noch Helmut. Das fand ich als Vornamen noch deutscher als Walther. Ich gab ihm versuchsweise einen anderen Namen, aber das fühlte sich falsch an. Der Mann hieß nun mal Helmut Knochen, was sollte ich machen – sein Andenken schonen, indem ich die historische Figur fiktionalisierte? Sie mit einem Pseudonym der Strenge ihrer Faktizität berauben? Diese Gnade hatte er nicht verdient. Der Mann hieß Knochen, also nannte ich ihn Knochen.

Mit den Informationen aber, welche die Quellen hergaben, bekam ich den Mann nicht zu fassen. Die Sprache der Administration hatte keinen Ausdruck für das Grauen, das er darstellte. Helmut Knochen blieb als Romanfigur papieren, das schiere Rezitieren seiner Taten erweckte ihn nicht zum Leben.

Also musste ich mir den Mann vorstellen. Ich musste es mir ausmalen, wie er in einem senfgelben Mantel auf leisen Sohlen durch die Flure der Police judiciaire eilte und freundlich nach links und rechts grüßte. Ich stellte mir seine kleinen manikürten Hände vor und sein gepflegtes, wenn auch hartes Französisch und seine süffisante Freundlichkeit und die dahinter aufschimmernde eiskalte Arroganz – und vor allem seine grauenhafte Freude am Quälen.

Historische Tatsache ist, dass Helmut Knochen in Paris von Juni 1940 bis September 1944 mit größter Gründlichkeit und Hartnäckigkeit persönlich dafür sorgte, dass nahezu alle französischen und ausländischen Juden, die nicht rechtzeitig untergetaucht waren, in Viehwaggons zu deutschen Vernichtungslagern verfrachtet und ermordet wurden. Nach dem Krieg wurde er zweimal zum Tod verurteilt und zweimal zu lebenslanger Haft begnadigt, kam dann aber frei und lebte ab 1963 ein bürgerliches Leben als Versicherungsvertreter in Offenbach am Main, wo er heiratete, Kinder zeugte und nach einem reich erfüllten Berufsleben in den wohlverdienten Ruhestand ging. Bis ins hohe Alter erfreute er sich bester Gesundheit und spielte vier Stunden täglich Golf, konnte aber aus gesundheitlichen Gründen nicht mehr vor Gericht geladen werden und blieb unbehelligt von jeder weiteren Strafverfolgung, bis er 2003 im Alter von dreiundneunzig Jahren frohen Gemüts, bei klarem Verstand und ohne erkennbare Gewissensnöte starb.

Diesem menschlichen Monstrum widmete ich ein Kapitel meines Romans. Ich schrieb den Roman fertig, er wurde gedruckt und ich ging mit ihm auf Lesereise. Am Abend des 24. Mai 2011 hatte ich eine Lesung in Münster, Nordrhein-Westfalen. Im Anschluss signierte ich Bücher. Nachdem der Saal sich geleert hatte, trat ein betagtes Ehepaar auf mich zu. Er schien zu zögern, sie schob und schubste ihn in meine Richtung.

»Erlauben Sie mir bitte eine Frage«, sagte er. »Wo haben Sie Helmut Knochen kennengelernt?«

»Ich bin ihm nie begegnet«, entgegnete ich.

»Das dachte ich mir, Sie sind zu jung dafür. Woher wissen Sie dann, wie er war?«

»Offen gestanden habe ich ihn mir einfach vorgestellt.«

»Die kleinen Hände, die süße Stimme und alles?«

»Ich bitte um Nachsicht«, sagte ich. »Mein Buch ist ein Roman. Ich erhebe keinen Anspruch auf Faktizität.«

»Ich hingegen«, sagte der Mann, »habe fünfzehn Jahre mit Helmut Knochen im selben Büro gearbeitet. Und ich kann Ihnen versichern: Er war genau das arrogante, sadistische Arschloch, als das Sie ihn beschrieben haben.«

Das sind die Augenblicke, in denen ich als Autor glücklich bin. Es macht mich froh, wenn die Realität im Nachhinein meine Fiktion bestätigt. Ich empfinde tiefe Genugtuung, wenn die Fußstapfen, die ich mir ausgemalt habe, in der Rückschau scharf und deutlich im Schnee aufscheinen.

17

Es ist oft so, dass im Rückblick eine Geschichte derart logisch und folgerichtig erscheint, dass man sich überhaupt nicht vorstellen kann, dass sie auch ganz anders hätte verlaufen können. Und dann wundert man sich, dass es seit Anbeginn der Zeit noch keinem Menschen gelungen ist, die Zukunft vorherzusagen.

Andrerseits sollte man sich nie allzu sicher sein, dass die Geschichte, die man sich aus ein paar Fußstapfen zusammenreimt, die einzig mögliche und richtige sei. Es ist jederzeit denkbar, dass der Hase, den man verfolgt, einen überraschenden Haken geschlagen hat oder dass einer, um die Verfolger zu verwirren, in der eigenen Spur zurückging, um sich irgendwo nach links oder rechts in die Büsche zu schlagen.

Denn letztlich, ich wiederhole es, ist alles Fährtenlesen und Geschichtenerzählen – jedes Narrativ, wie man sagt – eine metaphysische Behauptung. Wir suchen im Schneefeld ein paar Fußstapfen zusammen und behaupten, dass sie kausal zusammenhängen. Denn es gibt keine Erzählung ohne Kausalität. Darin liegt ja ihr großer Trost: in der Behauptung, dass alles mit allem in Verbindung steht. Daran wollen wir Menschen glauben. Wir wollen glauben, dass unser Leben eine Geschichte sei – dass sogar das Leben selbst Geschichten schreibe, wie die Redewendung behauptet. Und zwar die besten.

Dabei ist das ja gar nicht wahr.

Man sagt es so leicht und oft, aber es stimmt nicht.

Das Leben schreibt überhaupt keine Geschichten.

Nicht mal schlechte.

Im richtigen Leben wird ein Mensch geboren, dann bricht er sich im Kindergarten ein Bein und verliebt sich als Teenager in die Nachbarin, hat später eine Wurzelbehandlung und eine Scheidung und einen Motorradunfall. Er kauft einen Hund und einen Stabmixer und erbt ein Ferienhaus in Pontresina, dann hat er eine zweite Scheidung, einen Herzinfarkt und kein Ferienhaus mehr in Pontresina. Nach der Pensionierung entdeckt er seinen siebten Sinn für Wasseradern oder Steinpilze im Eichenwald und belegt einen Tanzkurs für Disco-Fox, unternimmt eine Kreuzfahrt ans Nordkap, stirbt an Lungenkrebs und wird auf dem Friedhof Dinkelsbühl für die Dauer von fünfundzwanzig Jahren begraben, und übrig bleiben ein paar Daten beim Einwohnermeldeamt, sieben Kilogramm Kohlenstoff und eine Handvoll Kalzium in der Erde sowie dreißig bis achtzig Liter Wasser, die ohne Hast oder Eile in die Atmosphäre diffundieren.

Das ist doch keine Geschichte, bitte sehr.

Das ergibt doch keinen Sinn.

Da hängt nichts mit nichts zusammen.

Alles reiner Zufall.

Einfach so passiert.

Nirgends Kausalität ersichtlich.

Aber so ist das Leben. Wir kommen zur Welt und dann geschehen ein paar Dinge, die nicht unbedingt miteinander in Zusammenhang stehen, und dann sind wir tot. Diese Vorstellung ertragen wir schlecht. Uns verlangt es nach Sinn, deshalb schmieden wir Kausalketten und erzählen einander Geschichten. Grimms Märchen sind Kausalketten, und zwar lückenlose, sonst können die Kinder nicht einschlafen. Rotkäppchen geht in den Wald, weil sie der Großmutter einen Kuchen bringen will, darum begegnet sie dem Wolf und dann kommt der Jäger und zum Schluss ist der Wolf tot und Rotkäppchen, die Großmutter und der Jäger essen zusammen Kuchen.

Kausalketten auch bei Tolstoi: Anna Karenina hat aus Vernunftgründen geheiratet, deswegen ist sie unglücklich und empfänglich für Graf Wronskis männlichen Charme, muss sich aber, weil Wronski ein Schurke ist, am Schluss vor den Zug werfen. Oder Hollywood: Zwei junge Leute verlieben sich an Bord der Titanic, dann kommt ein Eisberg und Leonardo DiCaprio ertrinkt.

Kausalketten, so weit das Auge reicht.

Gewiss gibt es Gegenbeispiele – nicht sehr viele, dafür große, wie etwa »Ulysses« von James Joyce. Dieser Roman aber ist gerade deswegen ein Meilenstein der Weltliteratur, weil er sich jeder Kausalität verweigert und bloße Koinzidenzen aneinanderreiht. Das mag als Experiment bahnbrechend gewesen sein, macht das Buch aber, seien wir ehrlich, für die meisten Menschen so schwer lesbar.

Auch die Zeitungsleute schmieden Kausalketten. Sie tragen bei ihren Recherchen Fakten zusammen und stellen diese in einen Zusammenhang, verbinden so die Gegenwart mit der Vergangenheit und wagen vielleicht gar einen Ausblick in die Zukunft.

Sogar die wissenschaftliche Geschichtsschreibung an den Universitäten schmiedet metaphysische Kausalketten aus ihren so streng empirisch erhobenen Daten und Fakten, weil ihre Arbeit sonst leere Faktenhuberei bliebe und nicht zu vermitteln wäre.

Und dann natürlich die Religion. Das Christentum, das Judentum und der Islam erzählen große Befreiungs- und Erlösungsgeschichten – lange Kausalketten, wie die Menschheit aus dem Paradies vertrieben wurde und nach ein paar tausend Jahren Plackerei dorthin zurückkehren wird; und wie jeder Mensch, der ein gottgefälliges Leben führt, im Jenseits seinen gerechten Lohn erhält.

Oder der Marxismus als säkulare Heilslehre, der uns am Ende des Klassenkampfs, der nach zwangsläufigen, uhrwerkhaften Gesetzen und Kausalitäten abläuft, ein irdisches Paradies in der klassenlosen Gesellschaft verspricht. Am anderen Ende des politischen Spektrums prophezeit Francis Fukuyama einen ewigen Garten Eden »am Ende der Geschichte«, wenn sich nur erst der *American Way of Life* zum globalen Standard durchgesetzt haben wird.

Konstruierte Geschichten und geschmiedete Kausalketten, wohin man schaut. Nicht nur die Künste, die Wissenschaften und die Religionen machen mit, sondern auch jeder einzelne Mensch. Kaum jemand von uns würde es ertragen, für sich selbst ohne schlüssige Lebensgeschichte auszukommen. Wenn wir jung sind, wollen wir gern daran glauben, dass unsere Generation klüger und dem Fortschritt dienlicher sei als jene unserer Eltern und aller vorangegangenen, und dass es deshalb mit der Menschheit ab sofort unaufhaltsam aufwärtsgehen müsse. In mittleren Jahren stellen wir dann fest, dass unsere Altersgenossen und wir selbst ganz gewöhnliche Leute sind wie alle anderen vor uns seit Anbeginn der Zeit. Also verlagern wir unsere Hoffnungen auf die Kinder, die es einmal besser haben und besser machen sollen als wir – nur um zwei Jahrzehnte später festzustellen, dass auch unsere Kinder zu gewöhnlichen Leuten herangewachsen sind, die wie alle ihre Vorfahren seit den ersten Humanoiden im Tiefland Äthiopiens ihr Bestes geben und sich im Übrigen so irgendwie durchs Leben schusseln.

Aus Enttäuschung darüber verfallen manche auf ihre alten Tage einer negativen Heilslehre – dass die aktuelle Jugend so wenig tauge wie noch keine zuvor, die Welt deshalb unrettbar den Bach runtergehe und so weiter etc. pp.

Das ist natürlich Unfug.

Wir sollten nicht meinen, dass die Welt verschütt gehe, nur weil wir selbst verschütt gehen. Ein solches Gesetz gibt es nicht.

Es gibt überhaupt kein Gesetz.

Die Geschichte der Menschheit ist kein nach zwingenden Regeln ablaufendes Räderwerk, und ein einzelnes Menschenleben auch nicht. Wir sind so sehr getrieben von Zufällen, unvorhersehbaren Nebenwirkungen und exogenen Einflüssen, dass es keine lineare Folgerichtigkeit geben kann, schon gar nicht auf ein vorgegebenes Ziel hin.

Gewiss existieren unabwendbare Kausalitäten im extrem Großen wie im ganz Kleinen, denen auch wir Menschen unterworfen sind. Das Universum dehnt sich seit dem Urknall aus und wird sich wieder zusammenziehen, und zwei Wasserstoffatome werden sich immer mit einem Sauerstoffatom verbinden. Im menschlichen Leben aber kann es solche Zwangsläufigkeit nicht geben. Es herrscht da einfach zu viel Chaos.

Das gefällt uns nicht.

Wir können nicht leben in der Vorstellung, bloß kullernde Kiesel auf einer Geröllhalde zu sein.

Wir wollen nicht einsam sein.

Wir wollen in Beziehung stehen zu unserer Umwelt, unserer Vergangenheit und Zukunft.

Es verlangt uns nach Ordnung und Einordnung in Zeit und Raum.

Wir wollen belohnt werden für die mühselige Schufterei im Chaos des Alltags, für die Kniebeschwerden und den Kleinkrieg mit dem Nachbarn wegen dessen Bambushecke.

Jemand muss uns versprechen, dass das alles schon für etwas gut sei.

Und so suchen wir Trost in Erzählungen.

Deshalb ist jedes Kind glücklich, wenn es vor dem Einschlafen eine Grimm'sche Kausalkette zu hören bekommt.

Darum geben die Zeitungsschreiber und Historikerinnen ihr Bestes, der Entropie des Weltgeschehens einen Hauch von selbstverfasster Ordnung entgegenzusetzen.

Deshalb spendet uns der Pfarrer tapfer Trost gegen die unbestreitbare Tatsache, dass des Menschen Existenz in seinem Leib nach spätestens hundert Jahren ein Ende hat.

Und ich lese »Anna Karenina« oder »Madame Bovary« und labe mich gegen jede Evidenz an der beglückenden Hoffnung, dass das Leben eben doch eine Richtung habe und uns allen eine unsterbliche Seele innewohne.

18

Um zu den Fußstapfen im Schnee zurückzukehren: Selbstverständlich ist es nicht wahr, was ich vorhin gesagt habe: dass jeder Abdruck für sich allein stehe. Natürlich ist jeder eingebunden in eine Fährte. Die Frage ist nur, ob wir es in uns haben, diese Fährte zu erkennen. Denn wir können im Gewimmel nur finden, was wir suchen – was wir gewillt sind zu sehen. Oder noch deutlicher: Was wir auf dem Grund unserer eigenen Seele vorfinden.

Auch Schriftstellerinnen und Schriftsteller können nur erzählen, was sie in sich haben. Deshalb schreiben wir im Grunde immer das Gleiche. Manche lassen es mit nur einem Buch bewenden, andere spielen ihr Thema über viele Bücher in zahllosen Variationen durch. Wir schreiben, was wir in uns haben und wie wir sind; wie denn sonst.

Zwar haben alle Autorinnen und Autoren, die ich kenne, mit jedem neuen Buch die feste Absicht, etwas ganz Neues zu wagen und Unerhörtes zu schreiben. Aber dann gehen wir doch jedes Mal wieder hin und schreiben stets aufs Neue den gleichen Kram; so lange, wie jemand bereit ist, uns zuzuhören. Meine Bücher jedenfalls sind alle gleich. Hast du eines gelesen, hast du sie alle gelesen.

Deswegen bin ich nicht einverstanden mit dem Dogma, das an jedem Gymnasium seit Jahrzehnten gelehrt wird – dass nämlich der Autor und sein Werk strikt voneinander zu trennen seien. Der Autor *ist* sein Werk, das scheint mir selbstverständlich, und umgekehrt spiegelt das Werk das Wesen des Autors; was denn sonst. Ich habe in meinem Leben zahlreiche Schriftstellerinnen und Schriftsteller kennengelernt und bilde mir ein, sie in ihren Büchern zweifelsfrei wiedererkannt zu haben.

Was aber nicht heißt, dass gute Bücher nur von guten Menschen geschrieben werden. Vermutlich ist eher das Gegenteil wahr. Gute, ausgeglichene und zufriedene Menschen schreiben keine guten Bücher – sie schreiben überhaupt keine Bücher. Wer den Frieden hat, setzt sich gar nicht erst an die Schreibmaschine. Nur Getriebene fangen an zu schreiben. Deshalb haben alle Autorinnen und Autoren, fürchte ich, irgendwo einen an der Waffel. Etwas treibt sie um. Etwas treibt sie an. Sonst würden sie nicht tun, was sie tun.

Denn in der Literatur ist es wie im Fußball, in der Musik oder in der Formel 1 – wer wirklich gut werden will, muss verdammt viel üben. Und das nimmt nur auf sich, wer auf die eine oder andere Art nicht alle Tassen im Schrank hat. Cristiano Ronaldo muss schon ein wenig bescheuert gewesen sein, dass er seine ganze Kindheit und Jugend damit zubrachte, einen Ball eine Million Mal ins linke obere Eck zu schießen; hätte er es andrerseits mit zehntausend Mal gut sein lassen, wäre er nicht Cristiano Ronaldo geworden.

Anderes Beispiel: Anne-Sophie Mutter war wohl zumindest ein bisschen verhaltensauffällig, als sie kurz nach dem fünften Geburtstag eine Geige zur Hand nahm und diese einfach nie mehr weglegte. Und der kleine Michael Schumacher, der immerzu mit kleinen Zweitaktmotoren im Kreis fuhr – hätte da nicht irgendwann der Jugendschutz vorbeischauen müssen?

Glenn Gould, John Lennon, Paula Fox, Anton Tschechow, Chet Baker, Amy Winehouse, Muhammad Ali, Albrecht Dürer, Maria Callas – alle hatten sie einen an der Waffel auf ihre eigene, unverwechselbare Weise. Sogar einer wie ich, der als Bub seine Sommerferien lieber mit Dostojewski als mit den Freunden im Freibad zubrachte, hatte wohl eine kleine Meise.

Wir sind alle Triebtäter und nicht unbedingt die Sorte Mensch, die man heiraten sollte. Das heißt aber nicht, dass wir gemeingefährliche Psychopathen sind. Die meisten von uns können sich ganz ordentlich benehmen, und manche sind sogar richtig nett. Die Meise, die wir haben, ist nur der Motor, der uns zu unserer Arbeit antreibt. Bei manchen allerdings prägt die Meise den Kern ihres Werks, ist die Macke die *Raison d'être* ihrer Kunst. Dann wird es gefährlich.

Paul Gauguin war ein Sexualneurotiker, der auf Tahiti dreizehn- und vierzehnjährige Mädchen schwängerte und mit den Portraits, die er von ihnen anfertigte, berühmt wurde. Heute käme er dafür ins Gefängnis.

Robert Musil machte vierzehnjährige Proletarierinnen mit Geld gefügig, steckte mindestens eine mit Syphilis an und verarbeitete ihr Schicksal zu Erzählungen – zum Beispiel »Tonka« in »Drei Frauen« –, die in die Weltliteratur eingingen.

Georges Simenon, der sich im Alter damit brüstete, mit über tausend Frauen geschlafen zu haben, hatte anscheinend nie ein Problem mit dem naheliegenden Umstand, dass wohl die allermeisten Frauen sich ihm aus purer Geldnot hingegeben hatten. Nun könnte man dafürhalten, dass das seine Privatsache war. Literarisch bedeutsam aber ist, dass Simenons Misogynie nicht nur ihn selbst schädigte, sondern auch sein ganzes, ansonsten so wunderbares Werk. Denn in keinem seiner hundertzweiundneunzig Romane, in denen er die Welt der Männer in ihrer Vielfalt auf herrlich einfühlsame Weise schildert, gelingt ihm eine wirklich kraftvolle weibliche Hauptfigur. Es ist das Resultat seiner menschlichen Schwäche, dass die Frauen in Simenons Werk praktisch ausnahmslos Prostituierte, haltlose Psychopathinnen oder Heimchen am Herd sind.

Die Liste neurotischer Künstler ließe sich lange fortsetzen. Die Genannten waren Kinder ihrer Epoche. Ihr Sexualverhalten war zu ihrer Zeit gesellschaftlich in einem Maß akzeptabel, dass sie es in ihren Werken darlegen konnten. Nun wäre es wohlfeil, aus der sicheren Distanz von hundert Jahren den Stab über sie zu brechen. Auch bin ich nicht der Meinung, dass wir Heutigen sie aus den Museen und Bibliotheken verbannen sollten; die Zeit der Autodafés soll für immer vorbei sein. Aber kommende Generationen werden Männer wie Musil, Simenon und Gauguin nicht mehr verstehen.

Meine Söhne runzeln die Stirn, wenn sie für die Schule Max Frischs »Montauk« oder »Homo faber« lesen müssen. Ich selber verehre Frisch, seinen »Stiller« und die »Brandstifter« lese ich immer wieder. Aber ich kann ihn meinen Söhnen nicht nahebringen. Diese alten Männer mit jungen Frauen ständig, sagen sie, was soll denn das? Auch Simenon kann ich ihnen nicht schmackhaft machen, Truffauts Spielfilme ebenso wenig. Philip Roths virile angelsächsisch-protestantische Überlegenheitsattitüde ist ihnen zuwider, Célines Antisemitismus noch mehr. Über Roman Polanski und Woody Allen schweigen sie höflich. Ich wage die Prognose, dass Künstler wie sie in Vergessenheit geraten werden, weil sie für überkommene Werte und die Neurosen einer Epoche stehen, die in der Zukunft hoffentlich kuriert sein werden. Sie werden im Pantheon der Menschheit Platz machen müssen für neue Heldengestalten, deren Werk und Leben auf der Höhe neuer ethischer Standards sind.

19

Ich habe einmal einen Roman geschrieben, in dem die Archäologie in Griechenland eine gewisse Rolle spielte. Für die Recherchen fuhr ich auf den Spuren Heinrich Schliemanns und Arthur Evans' nach Athen und nach Kreta. Nadja und die Kinder kamen mit, wir verbanden die Reise mit Urlaub. Nach der Landung in Heraklion besuchten wir den Palast von Knossos, wo zu Beginn des zwanzigsten Jahrhunderts mein Romanheld Evans auf tatsächlichen Ruinen, die er im Boden fand, seine Vorstellung einer vorantiken Hochkultur aufbaute. Wir wanderten durch den imposanten Nordeingang zu den üppig dekorierten Sälen und Korridoren, die Evans vor gut hundert Jahren in Stahl und Beton hatte errichten lassen. An manchen Stellen traten korrodierte Armierungseisen unter abgeplatztem Beton hervor. Wir besichtigten den »rekonstruierten« Thronsaal, das angebliche Badezimmer der Königin und die berühmten Fresken mit den Tänzerinnen, die einen geradezu pariserischen Chic ausstrahlten.

»Ist es nicht erstaunlich«, sagte neben mir ein älterer Herr mit Wiener Akzent. »Alles dreitausend Jahre alt, und sieht doch aus wie Jugendstil.«

»Nein, das sieht nicht aus wie Jugendstil«, hätte ich geantwortet, wenn ich schlagfertig genug gewesen wäre. »Das ist Jugendstil!«

Denn Arthur Evans war ein Kind des Jugendstils. Er war

Ende des neunzehnten Jahrhunderts nach Kreta gereist mit seinem lang gehegten Lebenstraum, auf europäischem Boden eine alte Hochkultur zu finden, die der pharaonischen auf Augenhöhe hätte begegnen können.

Er war ein Europäer seiner Epoche. Europa litt seit der Wiederentdeckung Ägyptens durch Napoleon Bonaparte an der narzisstischen Kränkung, dass zu einer Zeit, als Germanen und Kelten noch in Lehmhütten hausten, auf afrikanischem Boden kulturell schon ziemlich viel los gewesen war. Deshalb hegte das Bildungsbürgertum in London, Paris und Berlin den dringenden Wunsch, dass auch in Europa schon vor dreitausend Jahren eine Hochkultur geblüht haben möge, die es mit der ägyptischen hätte aufnehmen können. Um diesen Wunsch wahr werden zu lassen, ließ Evans in Knossos einen Jugendstil-Palast errichten, dessen Vorbild er nicht im Boden Kretas, sondern auf dem Grund seiner Seele vorgefunden hatte.

Was heute in Knossos steht, ist ein Disneyland für Latein- und Griechischlehrer, aber ganz sicher kein Ort der Wissenschaft. Die Geschichte, die Arthur Evans erzählt, hat wenig oder nichts mit einer wie auch immer gearteten historischen Realität zu tun. Man kann fast nichts über die minoische Kultur wissen, weil sie keine schriftlichen Quellen und auch sonst allzu wenige Fußstapfen hinterlassen hat. Sogar ihren Namen musste Evans bei Homer borgen. Trotzdem strömen seit über hundert Jahren Millionen Touristen nach Knossos, um sich den Wachtraum einer Hochkultur anzuschauen, die es so mit Sicherheit nie gegeben hat.

Nach dem Besuch von Knossos wäre ich gern an irgendeinen Strand gefahren, um dort abzuhängen und mich drei Wochen nicht mehr fortzubewegen. Ich bin ja eigentlich der Meinung, dass man als Mensch nicht mehrere Strände braucht. Ein Strand reicht völlig. Ich suche mir am liebsten einen aus, und da gehe ich dann hin. Meine Kinder sehen das auch so. Aber Nadja nicht. Sie regt sich auf über unsere Genügsamkeit. Wann immer wir zum Familienurlaub aufbrechen, breitet sie die Karte vor uns aus, streift mit weit ausladender Gebärde darüber und sagt: »Schaut her, in diesem Land gibt es hundert Strände. Wollt ihr wirklich nur einen sehen?«

Und dann fahren wir jeweils los.

Da ist nichts zu machen.

Es ist unvermeidlich.

Eine Naturgewalt.

So war's auf Korsika, in Wales und in Schottland, auch in der Bretagne und in Portugal und auf Sizilien.

Oft haben wir dank Nadjas Rastlosigkeit tatsächlich sehr schöne Strände gefunden, das muss ich zugeben. Es kam aber auch vor, dass wir nach einer strapaziösen Rundreise am Ende des Urlaubs komplett erschöpft und am Rand des Nervenzusammenbruchs zum ersten Strand zurückkehrten, weil dieser halt der schönste gewesen war.

Nach dem Besuch von Knossos hatte Nadja sich fest vorgenommen, ihr Temperament im Zaum zu halten. Wir fuhren an den erstbesten Strand mit der deklarierten Absicht, dort zu bleiben. Die Kinder rannten ins Wasser, wir legten uns mit unseren Büchern in den Schatten einer Palme.

Es war herrlich.

Alles war gut.

Nach einer Stunde aber bemerkte ich, dass Nadja mit dem rechten Fuß im Sand scharrte.

Unmerklich nur, ein Fremder hätte es nicht beachtet.

Am Abend packten wir unsere Sachen.

Am nächsten Morgen fuhren wir los, um die ganze Insel zu erkunden.

Kreta ist groß und hat zahllose Buchten.

Wir besuchten auch viele Ausgrabungsstätten.

Diese waren im Gegensatz zu Knossos keine veralteten Jahrmarktbuden, sondern moderne Orte der Archäologie auf dem heutigen Stand der Wissenschaft – und leider bestürzend langweilig.

»Wir haben hier einen Steinhaufen, circa dreitausend Jahre alt«, sagte uns etwa der Ausgrabungsleiter in Kato Zakros. »Keine Ahnung, wozu er gedient hat. Daneben eine Rinne mit Sedimenten, vermutlich ein Entwässerungsgraben. Könnte aber auch etwas anderes gewesen sein.«

»Und weiter?«, fragte ich. Der Mann hatte mein Mitgefühl.

»Dort drüben ein zweiter Steinhaufen. Etwa gleich alt.«

»Und?«

»Keine Ahnung.«

»Ist das alles?«

»Was will man machen«, sagte der Mann. »Ich kann es mir nicht aus den Fingern saugen.«

»Kommt, Kinder«, sagte ich. »Lasst uns zurück nach Knossos fahren. Da gibt es wenigstens was zu gucken.«

So ist das nun mal. Ein Steinhaufen ergibt noch keine Geschichte, man muss sich schon ein bisschen was dazu denken.

Wenn nötig, saugt man es sich aus den Fingern. Oder man lässt es bleiben. Aber dann bleibt der Steinhaufen ein Steinhaufen.

Natürlich ist es in den Wissenschaften heikel, sich etwas aus den Fingern zu saugen. Fantasie ist subjektiv. Imaginieren kann einer nur, was er in seiner Seele vorfindet.

Vielleicht hätte der Reiseführer über einen anderen Steinhaufen, der ihm besser zugesagt hätte, mehr zu erzählen gewusst. Es passt wohl nicht jeder Steinhaufen zu jedem Reiseführer. Man sollte die Reiseführer ihre Steinhaufen selbst auswählen lassen, damit wäre allen gedient; den Touristen wie auch den Reiseführern und vielleicht sogar den Steinhaufen.

20

Übrigens passt auch nicht jedes Drama zu jedem Schriftsteller. Darum ist es von größter Bedeutung, dass jeder, der ein Buch schreiben will, sich seinen Stoff selbst aussucht.

Bei mir ziehen an einem gewöhnlichen Tag hundert Stoffe vorbei, die alle nicht zu mir passen. Höchstens einmal im Jahr kommt eine geeignete Geschichte daher. Die erkenne ich dann in der Sekunde. Es ist Liebe auf den ersten Blick. Komm her, du Schöne, du einzig Wahre und Wichtige, und lass dich erzählen.

Und weil das so ist, muss jeder Erzähler den äußeren Anlass seines Narrativs – sei dies ein Steinhaufen, eine Zeitungsnotiz oder eine Kneipenszene – selbst entdecken. Es führt in der schönen Literatur selten zu etwas Gutem, wenn einem ein Stoff zugetragen wird.

Gelegentlich kommt es vor, dass unsereiner auf Geschichten aufmerksam gemacht wird, die wir dann niederschreiben sollen. Es gibt Leute, die schicken uns Briefe oder E-Mails, oder sie rufen an oder warten nach einer Lesung am Ausgang auf uns. »Jetzt passen Sie mal auf«, sagen sie dann. »Das ist ja ganz nett, was Sie bisher so geschrieben haben. Aber ich hätte da einen Stoff für Sie, der würde einen *richtig* guten Roman abgeben.«

Und allermeistens meinen die Leute damit ihre eigene Vita.

Dagegen ist nichts einzuwenden.

Ich bin selbstverständlich der Meinung, dass jedes Menschen Leben eine Betrachtung wert ist; jeder ist ein potenzieller Leopold Bloom, jede eine Madame Bovary. Nur ist es leider nicht ausgemacht, dass der Stoff, zu dem dieses Menschenleben auf meinem Schreibtisch halt wird, zu meinem Temperament als Autor passt. Und das muss er schon, wenn ich mich zwei, drei oder fünf Jahre meines Lebens mit ihm befassen soll.

Nun kann man einwenden, dass es nicht so sehr darauf ankomme, worüber jemand schreibt, weil Schönheit, Wahrheit und Tiefe nicht im Stoff, sondern in der Form und im Stil liegen. »Alles schön und gut, was Sie mir da erzählen«, sagte mir mein erster Verleger Daniel Keel, als ich ihm 1995 in seinem Büro an der Zürcher Sprecherstrasse voller Begeisterung über den Helden meines ersten Romans berichtete, der als idealistischer junger Mann auszog, die Sklaverei in Afrika abzuschaffen. »Aber wissen Sie, es ist nicht von Bedeutung, *was* Sie schreiben. Wichtig ist nur, *wie* Sie schreiben.«

Das mag sein. Wahr ist aber auch, dass ein »Wie« ohne ein »Was« nicht zu haben ist, wie Anne Weber in ihrer Heidelberger Poetikdozentur sagte, und dass es schon einen Unterschied ausmacht, ob man zum Beispiel über einen sadistischen Kindsmord in der Steiermark schreibt oder über ein Sommernachtsfest in Südschweden.

Soweit ich es überblicke, hatten fast alle großen Autorinnen und Autoren ein Lebensthema, für das sie brannten. Anton Tschechow hatte seine ideal gesinnten Lehrerinnen und Landärzte, Michail Lermontow seine Rebellen gegen die Obrigkeit; Raymond Carver seine randständigen Ehepaare in prekären Vorstädten, Sherwood Anderson seine verzweifelten Kleinstadtbewohner im Mittleren Westen, Thomas Mann sein Lübecker Bürgertum, John Steinbeck die Elenden und Geknechteten im Salinas Valley.

Und dann gibt es auch Autorinnen und Autoren, die mit großem Aufwand an Stil und Technik zu verbergen scheinen, wofür sie im Grunde ihres Herzens wirklich brennen. Ich könnte zeitgenössische Beispiele anführen, will es aber aus Gründen der Diplomatie bei einem Nobelpreisträger des letzten Jahrhunderts bewenden lassen. Sagen wir: Ernest Hemingway, mag man mich hernach teeren und federn. Gewiss ist er stilistisch großartig in seiner äußersten Reduktion der Mittel, mit seinen kurzen, schlichten Sätzen und der musikalischen Wiederholung einzelner Stichwörter. Er hat diesen Sound bei James Joyce gelernt und für die amerikanische Short Story salonfähig gemacht, Judith Hermann hat ihn von dort übernommen und mit Ingo Schulze in die deutsche Literatur eingeführt.

Aber was hat Hemingway zu erzählen? Was ist sein großes Lebensthema, zu wessen Anwalt macht er sich in seinem Schreiben? Seine Figuren gehen in aller Regel keinem Broterwerb nach und haben kaum eine Familie und kein wirkliches Zuhause. Sie fahren ständig ohne erkennbaren Anlass irgendwohin, nach Spanien, Italien oder Kenia oder so, man weiß nicht recht, weshalb, aber bestimmt nicht zu Urlaubszwecken, wo sie doch gar keinen Job haben, und sie kommen auch niemals wirklich an, sondern warten auf irgendetwas oder -jemanden im Niemandsland eines Cafés oder einer Bahnhofshalle oder eines anderen sauberen, gut beleuchteten anonymen Ortes und verbringen dort aus irgendeinem Grund ihre anscheinend endlose Freizeit. Paris oder Pamplona sind nur Kulissen, sogar der Bürgerkrieg und der Weltkrieg wirken in den Erzählungen nicht wie wirkliche Orte, sondern wie Naturreservate oder Robinsonspielplätze für existentiell Anspruchsvolle. Alles ist stets sehr schön erzählt in elegantem, spartanischem Stil – aber was für eine Bedeutung hat es jenseits von Stil und Form? Gibt es neben dem »Wie« auch ein »Was«? Etwas, für das Hemingway wirklich brannte wie Tschechow für seine Lehrerinnen? Etwas, das über die Verteidigung seiner eigenen fragilen Männlichkeit hinauswies, die er anhand von Boxern, Stierkämpfern und Großwildjägern bis zur Erschöpfung der Leserschaft zelebrierte?

Ich weiß es nicht. Mag sein, dass ich ungerecht bin, weil mir das Sensorium fehlt, und dass sich hinter der knappen Form, in der Reduktion auf dieses Fast-Nichts keine Leere, sondern Fülle verbirgt. Aber ich sehe die Fülle nicht. Ich sehe nur das »Wie« und kein »Was«.

Oft liegt gerade in der großen Qualität eines Autors auch seine große Schwäche. Bei Raymond Carver möchte ich als Leser manchmal auf den Tisch hauen, wenn seine zerbrechlichen Helden über den Kilometerstand eines Gebrauchtwagens oder den Wodka im Tiefkühlfach debattieren. Und sogar beim unsterblichen Anton Pawlowitsch Tschechow kann ich zuweilen – es kommt auf meine Tagesform an – ungeduldig werden ob dem endlosen Gehauche idealistischer Lehrerinnen und der Antriebslosigkeit desillusionierter Landärzte. »Jetzt macht doch einfach mal was!«, möchte ich ihnen dann zurufen. »Steigt halt endlich in den Zug nach Moskau oder schnappt euch den Offizier oder schießt euch meinetwegen eine Kugel in den Kopf – aber tut etwas und hört auf zu quatschen!«

21

Und genauso, wie ich als Autor nur schreiben kann, was ich in mir vorfinde, vermag sich auch den Leserinnen und Lesern nur zu erschließen, was in ihrer Seele schon geschrieben steht. Zwar liegt das große Glück der Lektüre darin, dass sich einem neue Welten erschließen, das ist wahr; aber das Neue, bisher Unbekannte kann nur verstehen, wer es eben doch vorher schon in sich hatte. Und so kommt als zweites Glück die Empfindung einer Seelenverwandtschaft hinzu; eine Übereinstimmung der eigenen Gedanken und Gefühle mit dem Gelesenen und oft auch die Hoffnung auf Verwandtschaft mit dem Autor. Ich hege diese Hoffnung, wenn ich meine literarischen Hausgötter lese, und ich sehe sie in den Augen mancher Gäste, wenn ich nach einer Lesung Bücher signiere oder auf ein Glas an den Tresen gehe, und habe dann eine Empfindung des eigenen Ungenügens und die Gewissheit, die an mich gestellten Erwartungen unmöglich erfüllen zu können. Was habt ihr denn bloß alle, denke ich mir dann. Ich bin's doch nur, der Alex aus Olten.

Ich fürchte, ich bin weniger klug als meine Bücher. Kein Autor und keine Autorin, glaube ich, ist als Mensch auf der Höhe seines Werks. Warum ist das so? Weil die Bücher, die wir schreiben, jeweils die Summe der lichten Momente sind, die wir in der Zeitspanne der Niederschrift über zwei, drei oder fünf Jahre gehabt haben mögen. Hingegen sind die vielen Stunden der

Trägheit und Apathie, die langen Tage der Dumpfheit, Blödigkeit und Denkfaulheit hoffentlich nicht mit ins Werk eingeflossen. So ist es arithmetisch unausweichlich, dass wir übers Ganze dümmer sind als unsere Bücher.

Hin und wieder geschieht es allerdings, dass blitzgescheite, herzenskluge Menschen furchtbar einfältiges Zeug schreiben. Das liegt meist daran, dass sie ihrer eigenen Stimme nicht hinreichend vertrauen, oder dass sie diese nicht genügend trainiert haben. Oder dass sie, auch das kommt vor, gar keine Stimme haben. Da ist dann nichts zu machen. Wer keine Stimme hat, kann sein Lied nicht singen. Das muss man hinnehmen. Die Natur kennt keine Gerechtigkeit.

Kehren wir noch einmal zurück auf die Piazza San Michele. Dort steht immer noch der Maresciallo im Schnee und schaut sich das Gewimmel der Fußstapfen an. Eine der vielen Spuren muss jene des Kirchenräubers sein. Wie er so dasteht, sieht er nachdenklich aus – als würde er in sich hineinlauschen. Der Maresciallo versucht, sich in die Haut des Räubers zu versetzen. Wohin wäre er selbst geflohen, wenn er der Täter wäre? Wo hätte er die Beute, wo das Tatwerkzeug versteckt?

Als Kriminalist muss der Maresciallo selbst etwas von einem Verbrecher haben. Kriminelle und Gesetzeshüter sind einander ja seelenverwandt. Oft ist es nur eine Frage biographischer Zufälle, ob einer auf dieser oder jener Seite des Gesetzes sein Betätigungsfeld findet. Genauso muss man als Schriftsteller etwas von seinen Figuren in sich haben. »*Madame Bovary, c'est moi – d'après moi*«, soll Flaubert gesagt haben. Und Tolstoi war in seiner Jugend, wie man sich erzählt, ein Graf Wronski.

Aber wie der Maresciallo so in die Weite schaut, den Kragen seines Uniformrocks zurechtzupft und an seiner Zigarette zieht, habe ich den Eindruck, dass er nicht recht bei der Sache ist. Irgendwie, ich kann mir nicht helfen, nehme ich ihm seine dienstliche Attitüde nicht ab. Der Mann kann mir nichts vormachen. Ich muss ja, um ihn glaubhaft beschreiben zu können, selbst etwas von einem Maresciallo in mir haben.

Und wie ich so über ihn nachdenke, glaube ich beinahe, der Maresciallo tut nur so.

Der denkt nicht wirklich nach.

Er grübelt nicht und wägt nicht ab, kombiniert auch nicht und zieht keine Schlüsse.

Der Maresciallo steht nur da, weil er halt da stehen muss.

Dienst ist Dienst.

Falls er überhaupt an etwas denkt, dann gewiss nicht an den Kirchenräuber.

Vielleicht denkt er an »Derrick«. Bei »Derrick« weiß der Maresciallo meist schon nach zehn Minuten, wer der Mörder ist. Trotzdem wird er sich, wenn er heimkommt, bei seiner Frau erkundigen, wie's ausging.

Oder er freut sich auf den Cognac, den er vor dem Schlafengehen trinken wird.

Oder er macht sich Sorgen um seine Tochter Giovanna, die in Turin als Krankenschwester arbeitet. Dieser Lorenzo, den sie kürzlich nach Hause brachte, gefällt ihm nicht. Die düsteren Tattoos überall, die hochgezogenen Nüstern und die nervösen Hände, da weiß der Maresciallo doch gleich Bescheid. Es ist ihm ein Rätsel, was Giovanna an dem Kerl findet. Hoffentlich lässt sie ihn bald fallen.

Oder er denkt an sein rechtes Knie, das ihn seit fünf Jahren schmerzt. Die Gattin will, dass er damit zum Arzt geht. Aber der Maresciallo will nicht. Die Schmerzen sind von allein gekommen, also werden sie auch von allein wieder gehen. Spätestens, wenn er tot ist.

Über den Kirchenräuber, da bin ich mir ziemlich sicher, zerbricht er sich nicht den Kopf.

Kein bisschen.

Die Fußstapfen im Schnee schaut er sich nicht wirklich an.

Er stellt keine Nachforschungen an.

Er tut nur so.

Was ich glaube, ist dies:

Der Maresciallo hat sofort gewusst, wer der Täter war. Schon zu Hause auf dem Sofa, gleich in dem Augenblick, da der Korporal ihn anrief. Deswegen ist er ja der Maresciallo, weil er sich in seinem Städtchen auskennt. Er kennt hier Hinz und Kunz und weiß, dass es jedem, der noch halbwegs bei Trost ist, zu blöd wäre, für eine Handvoll Hundert-Lire-Münzen das Risiko strafrechtlicher Verfolgung und gesellschaftlicher Ächtung einzugehen. Ein paar Deppen und Tunichtgute gibt es zwar schon, die sich um ihren Ruf nicht mehr zu sorgen brauchen. Aber sogar die vermeiden Ärger, wenn es sich einrichten lässt.

Und dass die albanische Mafia sich nicht für den Opferstock der Michaelskirche interessiert, ist sowieso klar.

Wer also hat Verwendung für eine Handvoll Hundert-Lire-Münzen?

Da muss der Maresciallo nicht lange nachdenken.

Der Fall ist schon gelöst.

Eigentlich hätte er »Derrick« zu Ende gucken können. Er hätte gemütlich auf dem Sofa sitzen bleiben und seinen Korporal am Telefon bitten können, doch mal kurz bei dem und dem nachzuschauen, was der so in den Taschen hatte. Damit wäre die Angelegenheit erledigt gewesen. Nach »Derrick« hätte er noch die Spätausgabe der Nachrichten geguckt und seinen Cognac geschlürft, dann die Zähne geputzt und sich neben die Gattin aufs Ohr gelegt.

Aber so läuft das nicht.

Das kann er nicht machen.

Es ist ausgeschlossen, dass der Maresciallo am nächsten Morgen einfach so ins Büro spaziert, ein Blatt Papier in die Schreibmaschine spannt und in seinem Rapport schreibt, dass er zu Hause geblieben sei und von Ermittlungen abgesehen habe, weil ja der Täter von vornherein festgestanden habe.

Das wäre gegen die Dienstordnung.

Als Maresciallo ist er verpflichtet, eine ordentliche Untersuchung durchzuführen.

Er muss Spuren sichern,
Zeugen befragen,
Protokolle schreiben,
Rapporte verfassen,
zu guter Letzt den ganzen Papierkram unterschreiben
und mit dienstlichen Stempeln versehen.
Das muss seine Richtigkeit haben.
Die Formen müssen gewahrt bleiben.

22

Deswegen steht er also um zweiundzwanzig Uhr achtundzwanzig auf der Piazza und schaut mit ergebener Langeweile über den Schnee. Seine Aufgabe besteht darin, sämtliche nicht vom Räuber herrührenden Fußstapfen außer Acht zu lassen, sodass nur die eine Fährte übrig bleibt, die ihn unfehlbar zum Täter führen wird.

Ich bin sicher, der Maresciallo sieht die Fährte.

Sie leuchtet ihm entgegen, als sei sie rot eingefärbt.

Er hat die Fährte im Voraus geträumt, deshalb kann er sie sehen. Nachdenken muss er nicht. Der Maresciallo ist keiner, der seine Fälle mit Scharfsinn löst.

In der Kriminalliteratur gibt es zweierlei Ermittler: jene, die scharf nachdenken und ihren Fall mit mathematischer Präzision aufklären wie Sherlock Holmes oder Hercule Poirot, und jene, die brüten, bis ihnen die Lösung auf wundersame Weise zufällt wie Kommissar Maigret und Wachtmeister Studer, wie Privatdetektiv Phil Marlow und Jean-Baptiste Adamsberg.

Auch in der schönen Literatur gibt es zweierlei Autorinnen und Autoren: jene, die nachdenken, und die anderen, die brüten. Die einen können dies besser, die anderen das. Ich bin eindeutig ein Brüter. Sehr gern würde ich besser nachdenken können. Aber ich kann's nicht sehr gut. Ehrlich gesagt langweilt es mich. Ich finde das Brüten unterhaltsamer. Man kann ja nicht beides gleichzeitig machen. Vermutlich hindert mich das Brüten am Nachdenken. Ein bisschen tröstet es mich, dass die scharfen Nachdenker, die ich kenne, nicht sehr gut brüten können.

Als Brüter weiß ich, dass die Nachdenker mit schärferen Messern hantieren. Umgekehrt wissen die Nachdenker, dass wir Brüter keine Messer brauchen, weil wir es im Gefühl haben. Man müsste beides können, weil eines aus dem anderen folgt. Denn es reicht nicht, einfach »an dem Faden der Kausalität entlang« zu erzählen, wie Musil im »Thörleß« schreibt; denn jede wahrhaftige Geschichte und jede große Erkenntnis ist »vor allem ein Seelenzustand, auf dessen äußerster Spitze der Gedanke nur wie eine Blüte sitzt«.

Jetzt nimmt also der Maresciallo die Fährte auf. Sie beginnt natürlich am Opferstock, von wo der Räuber nach begangener Tat floh. Nur dass im Innern der Kirche kein Schnee liegt. Deshalb findet sich der erste Abdruck erst draußen vor dem Portal zwischen den zwei dorischen Säulen.

Es ist der Abdruck eines linken Sportschuhs, Marke Adidas, Größe 43.

Nun würde es in der Logik der Sache liegen und menschlicher Erfahrung entsprechen, dass sich halbrechts davor ein rechter Adidas-Abdruck findet, ebenfalls Größe 43.

Aber nein.

An der fraglichen Stelle findet sich nicht der Tritt eines Sportschuhs, sondern etwas ganz anderes. Ein sonderbar rundes Siegel nämlich, das eher vom Fuß eines kleinen Elefanten als von einem Menschen herzurühren scheint.

Seltsam.

Diesem Tritt folgt halblinks aber dann wiederum ein linker Adidas-Abdruck und diesem erneut der kleine Elefantenfuß, dann wieder Adidas und nochmal der Elefant, und so immer weiter in schöner Gleichförmigkeit.

Und alle zusammen bilden sie die Fährte, welcher der Maresciallo diagonal über die Piazza folgt, unter den Arkaden durch und weiter bis zu dem eisernen Steg, den die Alliierten nach dem Krieg gebaut haben.

Er weiß, wo sie hinführt, ein Irrtum ist unmöglich. Es kann nichts mehr schiefgehen, in einer Viertelstunde ist er wieder zu Hause. Mit ein bisschen Glück schafft er es noch zum Ende von »Derrick«. Der Maresciallo wird die Fährte zielstrebig weiterverfolgen, auch wenn er sie vorübergehend aus den Augen verlieren sollte, denn er weiß, wo sie hinführt.

23

Der Maresciallo überquert den eisernen Steg und geht die Via Cavour hinauf in Richtung Piazza Garibaldi. Alle Läden und Büros sind längst geschlossen, die Rollgitter heruntergelassen. Endlich erreicht er Pierluigis Bar, wo um zweiundzwanzig Uhr siebenundvierzig – ich war dabei und kann es bezeugen – die gläserne Eingangstür aufflog und der Maresciallo in all seiner Pracht und Herrlichkeit eintrat. Schwarzer Schnurrbart und schwarze Uniform, rote Seitenstreifen an den schwarzen Hosen, glänzend schwarze, kniehohe Stiefel und im breiten Antlitz ein Höchstmaß an Würde.

Augenblicklich wurde es still im Lokal.

Walther hörte auf zu quatschen,

Pierluigi putzte nicht länger den Tresen.

In der Ecke brummte ein Kühlschrank. Die Neonröhre flackerte weiter.

Mauro, Giuseppe und ich stellten sachte unsere Gläser ab und drückten die Zigaretten aus.

Nur Mimmo flipperte weiter mit seinem Gips am rechten und dem roten Adidas-Schuh am linken Fuß.

»Mimmo«, sagte der Maresciallo leise. Seine Stimme war voll väterlicher Sanftmut.

Mimmo flipperte weiter, als sei er nicht nur stumm, sondern auch taub.

Der Flipperkasten ratterte und klingelte.

»Mimmo«, sagte der Maresciallo, nun schon ein wenig bestimmter.

Und dann nochmal: »Mimmo.«

Mimmo tat, als gehe ihn das nichts an. Der Maresciallo ging ihn nichts an.

Es ging ihn nichts an, dass der Maresciallo so hartnäckig seinen Namen rief.

Wir anderen hielten den Atem an.

Unsere Blicke flogen zwischen dem Maresciallo und Mimmo hin und her wie bei einem Tennismatch.

»Mimmo«, sagte der Maresciallo ein viertes Mal.

Mimmo spielte weiter.

Da trat der Maresciallo auf ihn zu und legte ihm die rechte Hand auf die Schulter.

»Komm kurz mit raus, mein Junge. Wir haben etwas zu besprechen.«

Mimmo spielte weiter, der Flipperkasten klingelte.

»Jetzt komm. Lass uns draußen ein paar Schritte gehen. Nur wir beide, draußen im Schnee. Es wird nicht lange dauern. Kommst du?«

Da ließ Mimmo die Kugel zwischen den Flippern hinunterrollen und humpelte hinter dem Maresciallo durch die Tür.

Mauro, Sergio und ich wischten mit unseren Händen über die beschlagenen Schaufenster, bis wir freie Sicht hatten. So konnten wir wie in einem Stummfilm verfolgen, wie der Maresciallo Mimmo auf der Straße mit erhobenem Zeigefinger eine Strafpredigt hielt und wie Mimmo ein zerknirschtes Gesicht machte und auf seinen Gipsfuß hinunterschaute.

Als der Maresciallo fertig war, streckte er Mimmo fordernd seine leeren Handflächen hin.

Mimmo breitete verständnislos die Arme aus.

Der Maresciallo: Jetzt komm – mach keine Faxen!

Mimmo (pantomimisch): Wie? Was?

Der Maresciallo: Los, mach.

Da schließt Mimmo ergeben die Augen, gräbt beidhändig in seinen Taschen und fördert zwei Handvoll Hundert-Lire-Münzen zutage.

Der Maresciallo: Na bitte. Geht doch. Ist das auch wirklich alles?

Mimmo reißt empört den Mund auf. Das hätte er nicht gedacht, dass der Maresciallo ihn auch noch beleidigt.

Der Maresciallo: Jetzt komm.

Da gräbt Mimmo nochmal in seinen Taschen und bringt ein paar zerknüllte Scheine hervor.

Der Maresciallo: Du bist mir ja einer, also wirklich.

Er steckt das Geld ein, streckt nochmal den Zeigefinger vor und spricht eindringlich auf Mimmo ein.

Dieser nickt schuldbewusst.

Der Maresciallo deutet auf die linke Seitentasche in Mimmos Jeansjacke. Und da, was hast du da drin?

Mimmo zieht einen Schraubenzieher hervor.

Der Maresciallo: Gehört der dir? Deinem Vater?

Mimmo nickt.

Der Maresciallo: Na gut, steck ihn wieder ein. Ist ja jetzt auch egal.

Je länger aber die Unterhaltung dauert, desto mehr verzerrt sich Mimmos Gesicht zu einer Leidensmiene. Das blonde Strohdach seines Kopfhaars hängt ihm nun matt über die Ohren, man muss befürchten, dass er zu weinen anfängt. Ein wenig ungerecht findet Mimmo die Sache nun schon. Es hatte doch jedes Ding zwei Seiten, man muss zu einem Kompromiss finden. Das ist eine Frage des Respekts.

Der Maresciallo schaut Mimmo verständnislos an. Was denn noch?

Da schlägt Mimmo die Augen auf wie ein Stummfilmstar. Sein Blick ist tränenumflort, das Kinn zittert. Sein Anblick ist Mitleid erregend.

Der Maresciallo: Na? Nun sag schon.

Mimmo streckt dem Maresciallo drei Finger entgegen.

Der Maresciallo: Wie?

Mimmo: nochmal drei Finger.

Der Maresciallo: Das ist jetzt aber nicht dein Ernst!

Und nochmal Mimmos drei Finger.

Da seufzt der Maresciallo, holt seine Geldbörse aus dem Waffenrock und entnimmt ihr drei Hundert-Lire-Münzen.

Die gibt er Mimmo, damit der nicht gleich nach Hause muss, sondern wie gewohnt bis um Mitternacht flippern kann.

Drei Münzen vom privaten Geld des Maresciallo, nicht aus der beschlagnahmten Beute.

So ist dem Gesetz Genüge getan, und Mimmo ist auch zufrieden.

Alles ist gut.

Am nächsten Morgen tippte der Maresciallo seinen Rapport, unterzeichnete ihn und versah das Dokument mit ein paar Stempeln.

Derweil suchte der Stadtpräsident in aller Frühe den Pfarrer auf, bat um Nachsicht für seinen bedauernswerten Sohn und legte einen Umschlag mit Geld auf den Tisch.

Zwischen zehn und elf behob der Schreiner die Schäden am Opferstock. Am Mittag waren alle Spuren des Verbrechens getilgt.

Der Pfarrer erstattete keine Strafanzeige. Das wäre sinnlos gewesen. Mimmo war nicht strafmündig.

Der Küster bekam ein paar Tage Urlaub. Er fuhr zu seiner Schwester Antonietta nach Noli.

Bei Pierluigi sprachen wir nicht mehr über die Affäre.

Nicht, wenn Mimmo da war.

Und Mimmo war fast immer da.

Die Sache war erledigt.

So geht italienisch-katholisches Konfliktmanagement.

Wahre Geschichte.

Ich war dabei.

24

Hin und wieder stelle ich mich der Frage, was es eigentlich über Nadja aussagt, dass sie ständig eine andere Pizza ausprobieren muss. Was treibt sie an? Warum ist sie dermaßen erpicht auf immer neue Erfahrungen?

Das reine Vergnügen kann es ja nicht sein. Sie mutet sich da schon einiges zu. Ich bin meistens zugegen und kann es bezeugen.

Ich sage nur:

Knusprige Avocado-Pizza.

Pizza mit Ziegenkäse, Erdbeeren und Nektarinen.

Kokos-Pizza mit Basilikum und Mozzarella.

Pizza mit Fenchel, Crème fraîche und Speck.

Spaghettipizza.

Süße Pizza mit Schoko-Creme und knusprigem Nussboden.

Alpen-Pizza mit Kürbis und Pfifferlingen.

Heidelbeer-Pizza mit Ziegenkäse und Feigen.

Pizza mit grünem Spargel und Kräuter-Frischkäsecreme.

Blumenkohlpizza mit Pesto, Zucchini und Rotkohl.

Süße Pizza mit Apfel und Streuseln.

Ich bin da wirklich ratlos.

Jedem Tierchen sein Pläsierchen, schon klar.

Aber trotzdem: Kann das gut sein?

Ist es ratsam, so etwas zu bestellen?

Wo doch auch eine Margherita oder eine Capricciosa im Angebot wären, oder eine andere Klassikerin der italienischen Küche?

Ich finde es verwegen, geradezu tollkühn, wenn nicht gar grob fahrlässig, sich auf so etwas einzulassen.

Mag sein, dass ich ein Spießer bin. Aber die Risiken sind erheblich. Der Preis für das Abenteuer ist zuweilen enorm. Da muss die Frage erlaubt sein: Lohnt sich das? Für die flüchtige Aufregung einer kurzen halben Stunde? Es ist ja nicht so, dass Nadja hernach jedes Mal glücklicher wäre als zuvor.

Wir reden von Pizza, wie gesagt.

Manchmal, ich weiß es, bereut sie ihren Leichtsinn schon unmittelbar nach der Bestellung. Bedauernd schaut sie dem Rücken des Kellners hinterher, zieht in Erwägung, ihn zurückzurufen und eine vernunftbasierte Korrektur vorzunehmen. Aber zu spät, er ist schon mit seinem Notizblock in die Küche verschwunden. Also gibt sie sich einen Ruck und setzt ein fröhliches Gesicht auf.

Aber ich lasse mich nicht täuschen.

Der Abend ist schon ein wenig verdorben, bevor er richtig angefangen hat.

Unsere Unterhaltung, die für gewöhnlich leicht und lustig wie ein Bergbach dahinplätschert, harzt und knarzt wie eine holländische Windmühle.

Wir reden über dies und denken über das. Und sehen es einander an.

Das Unglück nimmt seinen Lauf.

Der Kellner bringt die Vorspeise. Insalata Caprese.

Oh, oh. Ein schlechtes Omen.

Die Tomaten schmecken nach Kühlschrank, das Basilikum ist welk. Der Mozzarella quietscht wie Gummi zwischen den Zähnen, die Tomaten sind ersoffen in zuckrig schwarzer Balsamico-Brühe.

Wir schlingen alles tapfer herunter. Der Vorteil vegetarischer Nahrung ist ja, dass sie einen gewissen Grad an Widerwärtigkeit nicht zu übersteigen vermag. Es sind dem Grünzeug diesbezüglich natürliche Grenzen gesetzt.

Dann kommt der unausweichliche Augenblick, in dem der Kellner die Pizze bringt.

Nadja schaut ihm mit heruntergezogenen Mundwinkeln entgegen.

Misstrauisch beäugt sie das Ding, das er vor sie hinstellt. Ein Berg Rucola. Was sich darunter verbirgt, ist nicht zu erkennen.

Meine Pizza ist in Ordnung. Fiorentina eben. Der Teig ein bisschen matschig, der Spinat aus dem Frostbeutel. Das Spiegelei obendrauf wäre nicht nötig, und der Käse ist ganz sicher kein erstklassiger Gorgonzola. Aber damit kann ich leben.

Nadjas Pizza hingegen – du meine Güte. Unter dem Rucola kommen orange eingefärbte, hormontriefende Crevetten, braun angekokelter Broccoli und schwitzende Salamischeiben hervor, und das Ganze schwimmt in einem öligen See und ist monochrom übertüncht von einer giftig roten Paprikawürze. Traurig hält Nadja den Teller schräg, damit das Öl abfließen kann, dann beäugt sie den schwarz verbrannten Teigboden, säbelt daran herum und pickt da und dort eine Olive oder ein Artischockenherz heraus, zerteilt den Fladen in große Stücke und schiebt sie übereinander, damit der Teller nicht mehr gar so voll aussieht.

»Möchtest du ein Stück von mir abhaben?«

»Nein, danke.«

»Wie ist deine denn so?«

»Ganz passabel«, sage ich. »Aber ich gebe dir nichts ab.«

»Ich habe dich nicht darum gebeten.«

»Das ist richtig.«

»Warum sagst du es dann?«

»Nur so.«

»Präventiv?«

»Wenn ich dir doch ein Stück abgebe, können wir dann friedlich bleiben?«

»Wieso sagst du das jetzt?«

»Nur so.«

»Ich bin doch friedlich.«

»Dann ist gut. Ich auch.«

»Du bist es, der hier ohne Not verkündet, dass du von deiner Pizza nichts abgibst.«

»Richtig. Mein Fehler. Soll ich dir ein Stück abgeben?«

»Nein.«

»Möchtest du etwas anderes bestellen? Wir haben Zeit.«

»Danke, nicht nötig.«

»Eine Napoli vielleicht oder eine Margherita?«

»Ich habe keinen Appetit mehr.«

»Soll ich dir eventuell doch ein Stück von meiner abgeben?«

»Du hast vorhin gesagt, dass du nichts abgibst.«

»Möchtest du ein Stück?«

»Nein. Dass du auf so was aber auch immer so endlos rumreiten musst.«

Trotzdem tut Nadja es immer wieder, wider besseres Wissen. Nicht nur, dass sie ständig Jagd nach immer neuen Pizza-Varietäten macht, wir müssen auch immerzu das Lokal wechseln; als ob wir auf der Flucht wären.

Ich kann mich nicht genug darüber wundern.

Es ist wohl eine Mentalitätsfrage, nehme ich an.

Oder sie hat diesbezüglich einen an der Waffel.

Die Psychologie kennt das Phänomen unter dem Begriff »*Sensation Seeking*«. Menschen, die darunter leiden, verfügen über ein »geringes initiales Erregungsniveau« und suchen deshalb nach immer »neuen Reizen«, um den »optimalen Pegel an Stimulierung« halten zu können.

Die Grundlagenforschung dazu leistete in den siebziger Jahren Professor Marvin Zuckerman an der University of Delaware. Er wies in Zwillingsstudien nach, dass *Sensation Seeking* zu siebzig Prozent genetisch bedingt ist und nur zu dreißig Prozent auf Erziehung, individuelle Entwicklung und persönliche Willensanstrengung zurückgeführt werden kann. Nadja kann also zu siebzig Prozent nichts dafür, dass sie immer neue Pizze ausprobieren muss. Das heißt, ich kann sie selbst unter optimalem Einsatz der mir zur Verfügung stehenden Mittel höchstens bei drei von zehn Gelegenheiten vor ihren Debakeln bewahren.

Umgekehrt würde Professor Zuckerman mir wohl bescheinigen, dass ich mich nur deshalb über Jahrzehnte mit ein und derselben Pizza zufriedengegeben habe, weil mein initiales Erregungsniveau ziemlich hoch ist. Auf Deutsch: Weil es zu meinen beruflichen Pflichten als Künstler gehört, mich ständig über jeden Mückenfurz aufzuregen, brauche ich mit meinem zimperlichen Schriftsteller-Getue nicht auch noch Stress beim Pizza-Essen, um mein Leben hinreichend interessant zu finden. Es ist also zu siebzig Prozent genetisch bedingt, dass ich mit Pizza Fiorentina meinen optimalen Pegel an Stimulierung erreiche, und zwar immer wieder aufs Neue.

Mag sein, dass ich es mit meinem initialen Erregungsniveau bei Pizza übertreibe. Aber es gibt ganz große Autoren, die sich noch viel intensiver mit Backwaren beschäftigt haben. Marcel Proust zum Beispiel muss über ein rekordverdächtig hohes initiales Erregungsniveau verfügt haben, dass er sich seitenlang über die paar Krumen einer Madeleine begeistern konnte, die ihm seine Tante Léonie Jahrzehnte zuvor in – mutmaßlich ungesüßtem – Lindenblütentee getunkt dargereicht hat.

Mir würde das nicht genügen. Ich müsste zwecks Erreichung eines halbwegs zufriedenstellenden Stimulierungspegels mindestens die ganze Madeleine zwischen die Zähne bekommen, und zwar bitte nicht in Lindenblütentee aufgelöst. Proust hingegen brauchte nicht mal die Krumen – ihm reichte die Erinnerung an die Krumen dieses übrigens recht unspektakulären Gebäcks, das Tante Léonie aus etwas Mehl, Butter, Zucker, Ei sowie Zitronenabrieb und einer Prise Salz gebacken hatte. Er muss ein glücklicher Mensch gewesen sein, dass er das Leben so homöopathisch verdünnt genießen konnte.

Noch glücklicher sind Prousts Leserinnen und Leser, denn sie treiben die Verdünnung des Reizes noch um eine oder zwei Potenzierungen weiter. Für ihren optimalen Stimulierungspegel benötigen sie

nicht eine ganze Madeleine,

auch nicht ein paar Krumen einer Madeleine

oder die in Lindenblütentee aufgelösten Krumen einer Madeleine,

nicht einmal die Erinnerung an den Geschmack der in Lindenblütentee aufgelösten Krumen

und nicht die Beschreibung der Erinnerung an den Geschmack der in Lindenblütentee aufgelösten Krumen,

sondern lediglich die auf Papier gedruckte und gebundene, in den Verkauf gelangte und anschließend gelesene Beschreibung einer Erinnerung an den Geschmack einiger in Lindenblütentee aufgelösten Krumen der Madeleine, die Marcel Prousts Tante Léonie dem kleinen Marcel irgendwann Ende des vorletzten Jahrhunderts dargereicht hat.

Wie man hört, war Prousts Madeleine in ersten Manuskriptfassungen noch eine Scheibe geröstetes Brot bzw. Zwieback – also ohne Zucker und Zitronenabrieb. Das war dann aber, wie es scheint, selbst für Prousts initiales Erregungsniveau zu fad.

25

Ich war glücklich in dem kleinen Haus. Professor Zuckerman hätte gesagt, dass ich am Sonnenhang meinen optimalen Pegel an Stimulierung gefunden hatte. Ich bin ja eigentlich der Meinung, dass man als Mensch nicht mehrere Ferienhäuser braucht. Ich brauche nur eines, und da gehe ich dann hin. Mir war schon klar, dass es noch andere schöne Orte gab auf der Welt. Aber weshalb hätte ich sie aufsuchen sollen – um eine Sammlung anzulegen? Ich wollte nirgendwo anders hin. Gewiss hätte man Entdeckungsreisen unternehmen, auf die Jagd nach immer neuen pittoresken Orten gehen können. Aber wozu? Weshalb hätte ich die Mühsal, die Risiken und Nebenwirkungen auf mich nehmen sollen?

Im Moment, da ich dies schreibe, fällt mir auf, dass ich keine einzige Fotografie von Pierluigis Bar besitze. Kein Bild von Pierluigi, keines von Mimmo, Mauro, Sergio, Roberto oder Paulo. Der Grund dafür liegt darin, dass ich an keinem der vielen Abende, die ich mit ihnen verbrachte, einen Fotoapparat dabeihatte.

Es gibt ja Menschen, die immer alles fotografieren müssen. Meine Mutter ist achtundachtzig Jahre alt und hat schon einiges gesehen im Leben, aber sie muss alles Sehenswerte stets aufs Neue festhalten. Niemals würde sie ohne ihre kleine Kamera aus dem Haus gehen. Ein Weihnachtsfest ohne Familienfotos würde für sie nicht stattgefunden haben. Und weil Fotos das Eigentliche nicht einzufangen vermögen, hat sie oft auch einen Skizzenblock dabei. Hier eine Zeichnung des kleinen Hauses am Sonnenhang, die sie ums Jahr 1993 angefertigt hat.

Ich war glücklich in dem kleinen Haus. Von mir aus hätte es immer so weitergehen können. Und eine Weile ging es auch so weiter. Über die Affäre um den Opferstock wuchs Gras. Mimmo stand wie zuvor am Flipperkasten und Pierluigi stand hinter dem Tresen, und die Alten im Hinterzimmer spielten Scopa und wir anderen saßen vorn an den Salontischen, tranken Barbaresco und redeten über Straußensalami, faschistische kleine Hosenscheißer und meinen tollen Kachelofen. Walther stand an seiner Tankstelle und der Maresciallo saß unsichtbar im Büro, und ich schrieb an der einundzwanzigsten Version meines ersten Romans.

Ich war der Welt dankbar für ihre Verlässlichkeit.

Aber dann zogen Wolken auf am Horizont. Ein Wind blies durchs Tal, neue Zeiten kündigten sich an.

Es begann im Herbst meines fünften Jahres im kleinen Haus. Die Freunde waren heimgefahren, ich war seit ein paar Wochen wieder allein. Die Hermes Baby stand auf dem Küchentisch, die schwarzen Balken hingen voller Blätter.

Ich lag im Bett und wollte gerade einschlafen, da hörte ich plötzlich Schritte auf dem Dachboden. Das kann nicht sein, dachte ich mir, außer mir ist niemand im Haus. Trippelnde, flinke Schritte, als ob ein Kind umherrennen würde. Das kann nicht sein, dachte ich nochmal. Der Dachboden ist unter den Balken kaum anderthalb Meter hoch, nicht mal ein Kind kann da herumrennen; keins jedenfalls, das schon groß genug wäre, um aufrecht stehen zu können. Wo sollte das Kind überhaupt hergekommen sein? Und was hätte es auf meinem Dachboden verloren, mitten in der Nacht? Vermutlich war's ein Tier.

Es rannte erstaunlich schnell von einem Ende des Dachbodens zum anderen. Manchmal mit einem Gepolter, als würde es Bowling spielen.

War's wirklich ein Tier? Selbstverständlich. Was sonst. Aber was für eines? Eine Ratte war's nicht, dafür waren die Schritte zu schwer. Eine Maus schon gar nicht. Also was?

Ich glaube nicht an Übersinnliches, außer eventuell an Telepathie und Zeitreisen sowie Seelenverwandtschaft und Wiedergeburt.

Trotzdem sträubten sich mir die Nackenhaare.

Fehlte nur noch, dass durch die Bretter des Dachbodens Gekicher herunterdrang. Oder dass mir aus dem Nichts ein rot-weiß gepunkteter Gummiball ans Bett rollte, und dass irgendwo draußen in der Nacht ein heiseres Stimmchen »Guten Abend, Gut' Nacht« sang.

Das Getrippel hielt an. Jemand oder etwas lief von einem Ende des Dachbodens zum anderen, dann kreuz und quer und wieder zurück. Eine Stunde lang, dann noch eine und noch eine. Die Schritte waren so zahlreich und eng getaktet, dass ich eine Weile dachte, es seien mehrere Tiere. Aber nein. Das Getrippel war immer nur an einem Ort, nie an mehreren Stellen gleichzeitig. Mal war es direkt über meinem Bett, dann entfernte es sich nach links, kam zurück und ging nach rechts, lief dann vorwärts und zurück und wieder nach links. Ich versuchte vorauszuahnen, wohin das Tier als Nächstes rennen würde, aber das war unmöglich.

Hingegen schien mir mit der Zeit, dass die Schritte einen Rhythmus hatten, in Stärke und Tempo einem Muster folgten. Tanzte das Vieh etwa? Mal hörte ich den Dreivierteltakt eines Walzers, dann den Viervierteltakt eines Foxtrotts. Nach einer Weile wurde mir klar, dass das unmöglich war. Das Tier hatte keine musikalische Bildung, sein Getrippel war planlos und hatte weder Form noch Struktur. Der Rhythmus, den ich hörte, entsprang dem Wunsch meiner Seele nach Ordnung im Chaos. Und weil das Getrippel so dicht war, dass sich für jeden gewünschten Taktschlag ein Schritt fand, konnte ich mir jeden beliebigen Rhythmus zusammenreimen, indem ich die überzähligen Schritte ignorierte.

Was war das für ein Tier?

Ich dachte daran, auf den Dachboden zu steigen und nachzuschauen, aber die Einstiegsluke befand sich außen am Haus. Sie ist auf der Skizze meiner Mutter deutlich erkennbar. Ich hätte die Leiter holen, hinaufklettern und mit der Taschenlampe ins Dunkle leuchten müssen, und hätte dann doch nichts gesehen. Ich beschloss, das auf den nächsten Morgen zu verschieben. Irgendwann schlief ich ein.

Als es hell wurde, war Ruhe auf dem Dachboden. Ich stand auf und öffnete das Fenster, draußen roch es herrlich nach feuchtem Herbstgras. Ich ging in die Küche und machte Kaffee, dann holte ich die Leiter und öffnete die Luke zum Dachboden. Ich sah viel Staub, Spinnweben und einige Lichtstreifen, die zwischen verrutschten Dachziegeln in den Dämmer schossen. In den Ecken dürres Laub, in der Mitte drei zerbrochene Stühle, die auf den Tag warteten, an dem ich sie reparieren würde. Sonst nichts. Ich robbte unter dem Firstbalken hinein und stocherte mit einem Besen in den Laubhaufen, dann schob ich die Stühle beiseite. Da war kein Tier. Und nirgends ein Ort, der als Versteck infrage kam. Der Dachboden war sehr übersichtlich. Ich rückte die verrutschten Dachziegel zurecht, worauf die Lichtstreifen erloschen. Dann stieg ich wieder herunter.

Der Tag verging ohne weiteres Getrippel. Aber kaum war die Sonne untergegangen, ging es aufs Neue los. Getrippel und Getrappel, die ganze Nacht. Tagsüber dann wieder Ruhe, nach Einbruch der Dunkelheit neuerliches Getrippel. Ich hielt auch in der Nacht Nachschau. Aber jedes Mal, wenn ich die Leiter anstellte, wurde es mucksmäuschenstill auf dem Dachboden. Und kaum hatte ich die Leiter wieder weggenommen, ging es erneut los.

26

Nach ein paar Tagen war ich ziemlich mit den Nerven herunter. Die Angelegenheit überstieg meinen optimalen Pegel an Stimulierung bei weitem. Da sah ich eines Morgens den Trüffelsucher Dante, wie er mit seinem Hund über meine Terrassen zum Wald ging. Es war Oktober, Saison der schwarzen Trüffel.

»Ich habe da was auf meinem Dachboden«, sagte ich.

»Oh«, sagte Dante und hob die Brauen.

»Es klingt wie Kindergetrippel.«

»Das ist nicht gut. Ist es nur ein Kind, oder sind es mehrere?«

»Nur eines. Aber ein hyperaktives.«

»Sei froh. Andere haben einen ganzen Kindergarten auf dem Dachboden.«

»Mein Kind tanzt. Die ganze Nacht. Ich fürchte, es braucht Ritalin.«

»Bist du sicher, dass es nur eines ist?«

»Ganz sicher.«

»Dann musst du handeln, bevor der Kerl seine Verwandtschaft holt.«

»Was für ein Kerl?«

»Du hast einen Siebenschläfer unter dem Dach. Der hat bei dir ein warmes Plätzchen für den Winter gefunden.«

»Von mir aus.« Ich war nun doch ein bisschen erleichtert. »Soll er sich's gemütlich machen. Ich stelle ihm auch eine

Schüssel Corn Flakes hin für den Fall, dass er zwischendurch mal aufwacht und Hunger hat.«

»Das wirst du nicht tun«, sagte Dante. »Wenn er sich bei dir erst mal so richtig wohl fühlt, macht er nicht mal Winterschlaf. Dann tanzt er dir den ganzen Winter bis zum Frühling auf dem Kopf rum.«

»Wenn's weiter nichts ist«, sagte ich. »Siebenschläfer sind doch putzige Tierchen.«

»Nein, die sind nicht putzig. Hast du schon mal einen gesehen?«

»Die sehen aus wie Eichhörnchen, stimmt's?«

»Eher wie Ratten. Wirklich nicht putzig. Nackte Nasen, ekelhafte Schneidezähne, viel zu große Glubschaugen.«

»Verstehe.«

»Die Viecher fressen Elektrokabel und Wasserleitungen und Isolationsmatten, und Bodenbretter und Dachsparren. Du musst etwas tun. Sonst ist dein hübsches Häuschen in ein paar Monaten eine Ruine.«

»Aber was?«

»Du hast doch ein Luftgewehr.«

»Und?«

»Na …«

»Auf keinen Fall!«, sagte ich. »Auf gar keinen Fall werde ich auf den kleinen Kerl schießen.«

»Du musst bedenken, es ist eine Art Ratte. Wirklich kein Eichhörnchen.«

»Mir egal. Und sowieso tut das nichts zur Sache.«

»Was?«

»Ob Ratte oder Eichhörnchen.«

»Na ja. Eine Ratte ist eine Ratte.«

»Ich habe in meinem Leben noch nie auf etwas Lebendiges geschossen.«

»Immer nur auf leere Dosen?«

»Manchmal auch auf Würfelzucker.«

»Wieso?«

»Die zerstieben so schön. Und das Gewehr ist wirklich nur ein Spielzeug.«

»Zeig her.«

»Da. Ich glaube nicht, dass man damit …«

»*Ma certo che sì*. Warum nicht?«

»Kommt nicht infrage.«

»Sei kein Weichei. Irgendwann ist immer das erste Mal.«

»Nein.«

»Sei ein Mann. Du musst handeln. Sofort. Entweder du oder er.«

»Auf keinen Fall schieße ich auf das Tier.«

»Soll ich es für dich machen?«

»Nein, danke.«

»Dann wird's schwierig«, sagte Dante. »Es gibt Leute, die stellen Fallen auf, aber das nützt nichts. Die Viecher sind schlau. Oder du arbeitest mit Leim. Das ist verboten, aber es funktioniert. Du bestreichst zwei Bodenbretter mit Leim, dann bleiben sie mit ihren Pfötchen kleben.«

»Was für eine Schweinerei – und dann?«

»Wie, und dann?«

»Was, wenn das Vieh festklebt?«

»Dann«, sagte Dante und zuckte mit den Schultern, »holst du dein Luftgewehr.«

»Kommt nicht infrage. Auf gar keinen Fall.«

»Wie du meinst. Dann viel Glück.«

Am nächsten Morgen war in der Küche der Strom ausgefallen. Ich hatte kein Licht, das Transistorradio war stumm, der Kühlschrank außer Betrieb. Ich stieg auf den Dachboden und fand zwei durchgenagte Kabel. Fluchend stieg ich die Leiter hinunter. Mein initiales Erregungsniveau war für solche Sachen nicht geschaffen. Sehr gern hätte ich gewusst, wie viele Seiten Marcel Proust geschrieben hätte, wenn in seiner Kindheit ein Siebenschläfer auf dem Dachboden seines Elternhauses die Kabel durchgebissen hätte.

Ich radelte ins Städtchen und kaufte in Mauros Eisenwarenhandlung eine Rolle dreipoliges Kabel sowie fünfzig Meter Kabelschutzschlauch und drei Lebendkastenfallen aus verzinktem Drahtgeflecht. Die Sachen hatten auf meinem Gepäckträger keinen Platz, ich ließ sie mir von Mauro nach Hause liefern. Als er mit seinem Traktor vorfuhr, aß ich gerade Spaghetti al aglio, olio e peperoncino. Ich bot ihm einen Teller an, er lehnte dankend ab. Damals war der Tag noch fern, an dem ein Italiener Spaghetti essen würde, die nicht seine *Mamma*, sondern ein hergelaufener Schweizer zubereitet hatte. Einen Kaffee aber nahm er an, und dann bat er mich sogar, meine Toilette benutzen zu dürfen. Nachdem er gegangen war, stieg ich auf den Dachboden, reparierte die Stromleitung und stellte die Kastenfallen auf. Als Köder legte ich gesalzene Erdnüsse und Maiskörner hinein.

In der Nacht ging das Getrippel wieder los.

Mein Siebenschläfer tanzte Walzer in jener Nacht. Keine

Ahnung, weshalb das Tier im Deutschen diesen Namen trägt. Auf Italienisch heißen sie »*ghiri*«. Das Tier schlief die ganze Nacht nicht.

Ich auch kaum.

Am nächsten Morgen hatte ich Stromausfall im Schlafzimmer. In den Kastenfallen kauerten drei panisch zitternde Mäuse, aber kein Siebenschläfer. Ich trug die Mäuse hinunter zum Bach und ließ sie am anderen Ufer laufen. Die Fallen stellte ich wieder auf den Dachboden. Dann ging ich erneut zu Mauro, kaufte acht Rollen Wühlmausgitter mit einer Maschengröße von 6,3 Millimeter und versperrte damit alle nur denkbaren Zugänge zum Dachboden.

Als es dunkel wurde, ging das Getrippel wieder los.

Am folgenden Tag sägte ich die Äste des Nussbaums ab, die hinüber aufs Dach gewachsen waren und dem Siebenschläfer als Kletterhilfe dienen mochten.

Aber das nächtliche Getrippel ging weiter.

Ich umwickelte die Regentraufe mit Stacheldraht.

Das Getrippel ging weiter.

Mein Siebenschläfer fraß sich durch den verzinkten Stahl des Wühlmausgitters und zerfetzte die Wärmedämmung. Der Wind trug die Glaswolle in feinen Flocken davon. Gelb leuchtete sie auf den Wiesen.

Eines Morgens tropfte Wasser von der Decke. Der Siebenschläfer hatte die Zuleitung zum Boiler angefressen.

Und immer mal wieder war ich ohne Strom.

Irgendwann war ich am Punkt angelangt, an dem mir nichts mehr einfiel.

Allmählich gewöhnte ich mich an mein Haustier. Ich stellte mir den Siebenschläfer als kleinen Fred Astaire mit Zylinder und Spazierstock vor.

Mein Stimulierungspegel sank, mein initiales Erregungsniveau stieg.

Um doch ein bisschen Spaß zu haben, holte ich das Luftgewehr und machte Zielübungen auf Blechdosen und Würfelzucker. Dann holte ich die drei kaputten Stühle vom Dachboden und reparierte sie.

Es war an einem dieser Herbsttage, als ich abends zum Telefonautomaten beim Postamt ging, um Nadja anzurufen. Der Bach führte schon ziemlich viel Wasser, war aber noch einigermaßen passierbar; ich hatte aus zwei Gerüstbrettern einen provisorischen Steg gebaut. Ich erzählte Nadja von den drei Stühlen, meinem Kampf mit dem Siebenschläfer und vom Gequatsche mit den Jungs in Pierluigis Bar, und dann erkundigte ich mich nach ihrem Befinden.

»Bei mir ist alles in Ordnung«, antwortete sie. »Aber Bill Clinton hat mit einer Praktikantin rumgemacht, und in der Nordsee ist ein Öltanker auf Grund gelaufen. Und nächsten Dienstag wird die letzte Folge »Derrick« ausgestrahlt.«

»Echt?«, sagte ich. »Die allerletzte Folge?«

»Danach ist Schluss. Außer die Wiederholungen.« Dann sagte sie unvermittelt: »Was meinst du, wollen wir heiraten?«

»Oh«, sagte ich. »Sind wir das denn nicht schon längst?«

»Schon«, sagte sie. »Aber würde es dir was ausmachen?«

»Nicht das Geringste.«

»Kommst du bitte heim?«

Um diese Uhrzeit fuhr kein Bus mehr, der mich aus dem Seitental des Seitentals in die Welt gebracht hätte. Ich kehrte über den Brettersteg zurück zum kleinen Haus und machte es winterfest. Dann ging ich zu Bett und lauschte dem Getrippel des Siebenschläfers. Ich hoffte, dass er während meiner Abwesenheit auf dem Dachboden bleiben und das Erdgeschoss in Frieden lassen würde.

Am nächsten Morgen ging ich in aller Frühe zur Bushaltestelle.

27

Als Nadja und ich im Frühjahr wiederkehrten, waren wir ein amtlich und kirchlich zertifiziertes Ehepaar. Die Schneeschmelze hatte meinen Brettersteg weggeschwemmt, aber der Pegel des Bachs war schon wieder gesunken. Der gelbe Renault 4 schaffte die Passage problemlos.

Wir trugen den Proviant in die Küche und das Gepäck ins Schlafzimmer.

Auf den ersten Blick war alles in Ordnung, der Siebenschläfer hatte das Erdgeschoss in Frieden gelassen. Aber die Stromversorgung hatte er wieder lahmgelegt, und das Waschbecken auf der Toilette hatte kein Wasser. Mir war klar, dass es so nicht weitergehen konnte. Ich musste etwas tun, Dante hatte recht. Der Siebenschläfer oder ich – einer von uns beiden musste ausziehen. Das kleine Haus am Sonnenhang war zu klein für uns beide. Ein Blick in »Knaurs Tierleben« hatte meine Hoffnung zunichtegemacht, dass die Natur das Problem zeitnah lösen würde. Siebenschläfer werden bis zu neun Jahre alt.

Ich stieg auf den Dachboden, wo seit dem Herbst noch fabrikneue Kabel und Flexrohre in Reserve lagen. Diese hatte der Siebenschläfer erstaunlicherweise nicht angefressen. Nachdem ich die Reparaturen vorgenommen hatte, machten wir Kaffee und setzten uns unter dem noch winterkahlen Nussbaum in die Nachmittagssonne.

Nach Sonnenuntergang wurde es kühl, ich machte Feuer in

meinem schicken Kachelofen. Es war still im Haus, wir gingen früh zu Bett. Nadja las in einem dicken Buch, ich schaute gespannt zur Diele hoch. Nach einer halben Stunde sagte ich:

»Nichts. Das Vieh ist weg.«

Ich hätte mich darüber freuen sollen. Aber ein wenig bedauerte ich es.

Im Sommer kamen die Freunde. Wir veranstalteten unser traditionelles Schaukelstuhlrennen und fuhren ans Meer. Abends wimmelten Glühwürmchen über die frisch gemähte Wiese, bei Sonnenaufgang wärmte sich eine Smaragdeidechse auf der Trockenmauer. Gottesanbeterinnen schauten auch vorbei. Im Wald raschelten Wildschweine und Rehe, am Himmel kreiste ein Milan. Aber der Siebenschläfer ließ nicht von sich hören. Er war ausgezogen. Irgendwo musste er ein Sommerquartier gefunden haben.

In jenem Jahr brachte erstmals ein befreundetes Paar ein Baby mit. Das Baby schlief die meiste Zeit. Wenn es wach war, wurde es von Arm zu Arm gereicht. Das Baby war überall dabei, es hatte von allen Sommergästen das reichhaltigste Programm. Frühmorgens ging es mit jemandem zum Brombeerenpflücken in den Wald, dann saß es mit allen beim Frühstück am Küchentisch. Die folgenden Stunden verbrachte es mit jemandem auf der Wolldecke unter dem Nussbaum, nach der Siesta spazierte es mit jemand anderem hinauf zur Schlossruine. Ein Fremder hätte nicht zu sagen gewusst, zu wem das Baby gehörte. Gegen Abend fuhr es mit nochmal jemand anderem zum Einkaufen ins Städtchen, und vor dem Abendessen badete es mit jemandem in der alten Zinkbadewanne hinter dem Haus.

Die Männer beobachteten interessiert ihre Frauen, wie sie sich mit dem Baby anstellten.

Die Frauen beobachteten die Männer, wie die sich anstellten. Und manche stellten wohl insgeheim Vergleiche an.

Wir waren im richtigen Alter. Es war absehbar, dass in den nächsten Jahren mehrere Babys Urlaub im kleinen Haus machen würden.

Ich freute mich auf alles, was kommen mochte. Wir würden Jahr um Jahr den Sommer mit unseren Freunden im kleinen Haus verbringen, bis alle Kinder groß geworden und ausgezogen wären und selber Kinder haben würden, die dann auch groß werden und ihre Eltern und Großeltern vergessen würden, und irgendwann in zwanzig oder dreißig Jahren würde ich das kleine Haus treuhänderisch an die nächste Generation weitergeben.

Im Lauf jenes Sommers aber bemerkte ich, dass Nadja mit dem Fuß zu wippen begann; unmerklich erst nur, aber unmissverständlich.

Sie wippte mit dem Fuß, wenn wir im *Agriturismo* essen gingen und auf der Speisekarte nichts mehr zu finden war, was sie noch nie bestellt hatte. Als ich sie an einem Sonntagmorgen fragte, ob wir uns wieder mal ein Pallone-Elastico-Spiel im Städtchen anschauen sollten, machte sie ein Geräusch wie ein Hund, der nach einer vorbeifliegenden Fliege schnappt. Als ich vorschlug, ans Meer zu fahren, schimpfte sie über die zubetonierte Küste Liguriens, und dass dort ständig Autobahnbrücken einstürzten und ganze Friedhöfe ins Meer abbrachen. Dann kam der Tag, an dem sie sogar mit dem Fuß wippte, als wir allein zu zweit mit einem eisgekühlten, gut gezuckerten

Glas Pfefferminztee und einer Torta di Nocciole im Schatten des Nussbaums lagen.

»Wollen wir für den Aperitif bei Pierluigi vorbeischauen?«, fragte ich.

»Geh du nur«, sagte sie und griff nach einem ihrer Lehrbücher.

»Nein?«

»Es ist doch immer ein bisschen dasselbe, findest du nicht?«

»Schon«, sagte ich. »Klar.«

»Nichts gegen deine Jungs bei Pierluigi.«

»Aber?«

»Na ja«, sagte sie. »Es ist schon nicht so, dass dort immer mal Leute wie Tom Waits, Nelson Mandela oder Alice Munro abhängen.«

»Das ist richtig«, sagte ich. »Bei Pierluigi hängen Mauro, Sergio und Giuseppe ab. Und Mimmo. Wir wollen Mimmo nicht vergessen.«

»Jetzt sei nicht beleidigt«, sagte sie. »Weißt du was? Ich komme doch mit.«

»Lass gut sein«, sagte ich. »Nelson ist grad mächtig beschäftigt, und Tom kommt erst nächste Woche wieder vorbei.«

»Und Alice?«

»Ist auch verhindert. Die hat den Sommer über ihre Enkel bei sich in ihrem Landhaus in Ontario.«

»Ach, komm.«

»Okay. Soll ich uns einen Chardonnay aus dem Keller holen?«

»Oh ja.«

Von da an wusste ich, dass uns etwas bevorstand. Die Geschichte mit dem kleinen Haus neigte sich dem Ende zu. Noch hielt Nadja ihr Temperament im Zaun. Aber wir ahnten wohl beide, dass es nicht mehr lange dauern würde.

Wenn ich daran zurückdenke, wundert es mich nicht, dass sie es als Erste spürte. Nadja spürt das nahende Ende von Dingen, wie Katzen und Hunde ein bevorstehendes Erdbeben spüren. Mir fehlt dieses Sensorium, oder ich will die Signale nicht wahrnehmen. Es widerstrebt mir, dass Geschichten enden. Es gefällt mir nicht, dass die Erde manchmal bebt. Ich will nicht, dass Vulkane ausbrechen. Ich möchte, dass alle Gewitter an uns vorbeiziehen, und bin jedes Mal überrascht, wenn Vulkane trotzdem ausbrechen und die Erde zuweilen doch bebt und wir von Blitz und Donner nicht verschont bleiben.

Wie es sich fügte, war ich in jenem Sommer mit meinem ersten Roman so weit vorangekommen, dass ich mir den Kopf darüber zerbrach, wie ich die Geschichte enden lassen sollte. Mit welchem Bild würde ich abschließen – mit dem elenden Tod meines Helden am Horn von Afrika? Das wäre ein dramatischer, vielleicht sogar tragischer Schluss, aber kein Happy End. Wer ein Happy End will, muss beizeiten mit dem Erzählen aufhören. Wenn man zu lange dabeibleibt, sind am Schluss immer alle tot. Das liegt daran, dass wir Menschen alle sterben müssen.

Sollte ich meinen Roman also schon vorher enden lassen – vor der fatalen Expedition in die Wüste Danakil? Oder im Gegenteil über die Todesnacht hinaus weitererzählen, was danach noch geschah, während die Gebeine meines Helden in der unbarmherzigen Sonne Abessiniens verblichen?

Es ist eine große Frage, wann eine Geschichte zu Ende ist. »Geschichten müssen vergangen sein«, schreibt Thomas Mann auf Seite eins des »Zauberberg«, »je vergangener, könnte man sagen, desto besser für sie in ihrer Eigenschaft als Geschichten und für den Erzähler, den raunenden Beschwörer des Imperfekts.«

Na gut, vergangen müssen Geschichten sein, das leuchtet ein. In der Gegenwart lässt sich keine Geschichte erzählen, weil sie nur ein Punkt auf der Zeitachse ist und keine Dauer hat; und was die Zukunft betrifft, so haben wir von ihr schlicht keine Ahnung. Aber damit ist die Frage noch nicht geklärt, wann man mit einer Geschichte Schluss machen soll. Denn nüchtern betrachtet hat keine Geschichte, keine Kausalkette jemals ein Ende. Auf jeden noch so dramatischen Showdown folgt ein Tag danach, hinter jedem Grabstein steht eine Wiege. Alle Hochzeitsglocken läuten den Eheal1tag ein, und dieser wiederum wird unausweichlich eine Scheidung oder einen Todesfall zur Folge haben. Zwar geht alles vorüber, aber nichts gelangt je an ein wirkliches, folgenloses Ende. *Rien ne se trouve, rien ne se perd, tout se transforme*, wie gesagt.

Wohl eilt jede Geschichte aus der Vergangenheit dem Jetzt entgegen, in dem der Erzähler sich befindet. Sie kann dieses Jetzt aber nie erreichen, weil es beständig in die Zukunft flieht. So müsste man erzählend immer weiter dem Ende der Geschichte hinterherjagen, bis wirklich alle tot sind, nichts sich mehr rührt und unsere Sonne alle ihre Planeten verschluckt hat, um letztlich in einer thermonuklearen Supernova zu verglühen. Aber so lange werden wir nicht leben. Nach der Supernova, kann man vermuten, wird niemand mehr da sein, die

Geschichte der Supernova zu erzählen. Und niemand, ihr zu lauschen.

Wobei auch das nicht das Ende sein wird. Danach wird sich das Universum wieder zusammenziehen für einen neuen Urknall, und dann geht alles wieder von vorne los.

Darum muss jede Geschichte schon vorher ein Ende haben.

Aber wann?

Wann ist eine Geschichte aus?

Tja.

Schwer zu sagen.

Keine Ahnung.

Ich entschied mich dafür, meinen Helden sterben zu lassen.

28

Anfang September fuhren Nadja und die Freunde wiederum heim, ich blieb allein zurück. Kaum waren alle weg, hörte ich Getrippel auf dem Dachboden.

Der Siebenschläfer war wieder da.

Er tanzte Rumba, Merengue und Cha-Cha-Cha. Manchmal klang es, als trage er Steppschuhe.

Ich hätte mich ärgern sollen.

Aber ein wenig freute ich mich.

So verbrachten wir unseren zweiten gemeinsamen Herbst im kleinen Haus. Er richtete Schäden an, die ich nach Kräften behob. Aber er war schneller als ich. Ich musste ihn loswerden, da hatte Dante wirklich recht. Ich fuhr mit dem Bus nach Alba und kaufte einen batteriebetriebenen Ultraschall-Schädlingsbekämpfer aus signalgelbem Polyurethan, der aussah wie ein billiges Transistorradio und angeblich Töne von so hoher Frequenz aussandte, dass ich sie nicht hören konnte. Ich hörte tatsächlich nichts. Ob der Siebenschläfer etwas hörte, weiß ich nicht. Jedenfalls tanzte er weiter Rumba.

Also fuhr ich nochmal nach Alba und kaufte einen Bottich Schädlingsvergrämungsgranulat, dessen Gestank sich im ganzen Haus ausbreitete und mich komplett vergrämte. Ob es auch den Siebenschläfer vergrämte, kann ich nicht sagen; vermutlich nicht. Er tanzte weiter. Nacht für Nacht.

Es war eine trübe Zeit. Wochenlang prasselte fetter Regen

aufs Dach. Tagsüber mischte sich das Geprassel mit dem Klappern meiner Schreibmaschine, nachts verschwamm es mit dem Getrippel des Siebenschläfers. Der Bach schwoll an. Bald würde es kein Durchkommen mehr geben.

Mit dem Roman kam ich kurz vor dem Ende nicht mehr voran. Ich ließ meinen Helden hundert Tode sterben, und keiner gefiel mir.

Eines Morgens kam mein Freund Urbanin mit seinem Traktor angefahren, manövrierte einen ausgedienten Heuwagen in den Bach und ließ ihn mittendrin stehen. »Hier hast du eine Brücke für den Winter«, sagte er mit verschämtem Stolz auf seine Idee. »Im Frühling komme ich wieder und hole den Wagen ab.«

Fortan kletterte ich, wenn ich ins Dorf oder ins Städtchen wollte, über den Heuwagen ans andere Ufer, wo mein Rad an der Böschung bereitlag.

Es regnete und regnete. Dreimal pro Woche ging ich aufs Postamt und einmal die Woche zu Pierluigi. Es waren trübe Tage.

Manchmal bekam ich den Koller.

Ich aß das immergleiche Roggenbrot und die immergleichen Spaghetti al aglio, olio e peperoncino, schlief in der immergleichen ungeheizten Kammer und hatte durchs Küchenfenster die immergleiche Aussicht auf die immergleichen Nebelbänke auf der immergleichen Schattenseite des Tals, und nachts hörte ich durch die Deckenbalken das immergleiche Getrippel des Siebenschläfers. Das konnte sogar für einen Menschen wie mich, der ein großes Bedürfnis nach Beständigkeit hat, zu monoton werden. An manchen Tagen wünschte ich mir, ich wäre für ein paar Stunden woanders; einfach so, um wieder mal anderen Regen, andere Häuser und andere Menschen zu sehen.

An einem Nachmittag im November hörte der Regen plötzlich auf, als hätte jemand einen Hahn zugedreht. Das Geprassel auf dem Hausdach verstummte, die Nebelbänke verzogen sich. In der Wolkendecke blinkte eine blaue Lücke, dann schoss ein erster Sonnenstrahl ins Tal. Ich ging hinaus und verriegelte die Haustür, kletterte über den Heuwagen und radelte durch die triefende Landschaft ins Städtchen, um mir Robertos roten Opel Ascona auszuleihen.

Er saß bei Pierluigi.

»Morgen früh bringe ich ihn dir wieder«, sagte ich. »Du darfst so lange mein Rad haben.«

»Das ist ja ein tolles Angebot, vielen Dank«, sagte Roberto. »Wie könnte ich da widerstehen. Wohin fährst du diesmal?«

»Nach Genua.«

»Gute Wahl.«

»Kommst du mit?«

»Du lieber Himmel, nein. Was sollte ich denn in Genua. Stell die Karre nicht am Hafen ab, sonst fehlen nachher wieder die Radkappen. Oder die Rückspiegel.«

Bevor ich losfuhr, ging ich zum Benzintanken bei Walther auf der Piazza Garibaldi vorbei. Als ich ihm sagte, wohin die Reise ging, bestand er darauf, noch kurz Ölstand und Reifendruck zu kontrollieren.

Ich fuhr nach Acqui Terme und über die A25 durch die ligurischen Alpen. Nach den letzten Tunneln und Brücken wichen die Berge zurück, der Ozean lag weit und grau vor mir. Ich parkte den Opel oben am Hauptbahnhof, dann spazierte ich an den herrlichen alten Palazzi vorbei, von denen jeder einzelne in jedem seiner hundekotgesprenkelten Ecksteine mehr Kultur und Geschichte vereinigt als alle Kleinstädte nördlich der Alpen zusammengenommen. Unterwegs zum alten Hafen kaufte ich mir, weil ich in gehobener Stimmung war und irgendwie die Empfindung hatte, eine Belohnung verdient zu haben, nacheinander ein großes Glas Amaretti, ein Pfund Prosciutto crudo und ein türkisfarbenes Leinenhemd.

Als ich unten am Hafen ankam, war es schon dunkel, aber noch nicht Essenszeit. Ich setzte mich unter den Arkaden in eine Bar, trank einen weißen Martini und rauchte ein paar Zigaretten.

Ich erinnere mich, dass die Bar in Ordnung war.

Es ist ja nicht so, dass ich nicht auch andere Bars zu schätzen wüsste. Eine Bar muss für mich keine herausragend positiven Eigenschaften haben, damit ich mich in ihr wohl fühle. Es reicht schon, dass mich nichts nervt. Ich möchte einfach keine Moët-Chandon-Eiskübel und keine Golden-Gate-Tapete im Gesichtsfeld haben, auch keinen Spannteppich mit aufgedruckten Dollar-Zeichen und keinen Kellner mit *White Power*-Tattoo. Und wenn es ohne Musik wirklich nicht geht, dann bitte keinen Techno und keine österreichischen Schlager. Komplett gleichgültig hingegen ist mir der Name der Bar. Es gibt ja Bars mit saublöden, einfältig affektierten Namen – *Paris Bar* zum Beispiel oder *Kon-Tiki* oder *Odeon* –, die aber trotzdem völlig in Ordnung sind.

Diese hier hieß *Mistral*, wenn ich mich recht erinnere, vielleicht auch *Blue Velvet*, und sie war in Ordnung.

Ich beobachtete das Kommen und Gehen der Gäste und brütete über der Frage, wie ich das Ende meines Romans hinkriegen sollte. Ich dachte zum tausendsten Mal an die hitzeflirrende Mondlandschaft Danakils, an das mit Dornengestrüpp bewehrte Nachtlager und an das einsame graue Baumwollzelt, in dem mein Held friedlich schlief und nicht ahnte, dass ihn in jener Nacht zwanzig Speere durchbohren würden. Oder ahnte er es doch? Ich glaube, er ahnte es. In meiner Vorstellung reiste er wissentlich in den Tod.

Kurz nach acht ging ich hinüber in die *Antica Friggitoria Carega* und aß Calamari Fritti. Danach setzte ich mich an der Mole unter die Maulbeerbäume und schaute den alten Leuten zu, die im Licht einer bunten Lichterkette zur Musik eines Akkordeonspielers Walzer tanzten, und brütete weiter über die letzten Seiten, die ich noch zu schreiben hatte. Selbstverständlich musste ich erzählen, wie das Leben meines Helden endete, das war unverzichtbarer Teil der Geschichte. Aber war es ihr Ende? Oder sollte ich weiter erzählen von der Witwe und ihrem Söhnchen, die beide noch eine ganze Weile gelebt hatten? Würde das zu weitab führen, gehörte es nicht mehr zur Geschichte?

Es war ein milder Abend. Die alten Paare wirbelten erstaunlich frisch und leichtfüßig über den Platz. Die Männer reckten ihre Schnurrbärte und zogen die Bäuche ein, die Damen streckten die Nasen in die Höhe und ließen ihre rosa und lila gefärbten Locken fliegen. Die Jacketts waren sorgfältig gebürstet, die Röcke einwandfrei plissiert, die rahmengenähten Schuhe poliert, die Nähte der blickdichten Strümpfe sorgsam geradegezupft.

Auf einmal sang der Akkordeonspieler ein Kommando, das aus ein paar langgezogenen Vokalen bestand, worauf sich die Paare auflösten und alle jemand anderem in die Arme fielen, und dann tanzten die neuen Paare zusammen, bis der Akkordeonspieler wiederum sein Kommando sang. Vielstimmig heiseres Gekicher und Geplapper stieg in den Himmel, ein Gemisch von zwanzig Duftwassern schwebte unter den Bäumen.

Nach einer Weile benötigte der Akkordeonspieler eine Pause, er war auch nicht mehr der Jüngste. Er legte sein Akkordeon beiseite, ließ sich ein Glas Wein reichen und rauchte eine Zigarette. Kaum aber hatte die Musik ausgesetzt, fiel alle Leichtfüßigkeit von den Tänzerinnen und Tänzern ab. Mühselig und wie unter Schmerzen griffen sie nach ihren Gehstöcken und Rollatoren, knöpften ihre Strickjacken und Jacketts zu, weil sie nun die kühle Meeresbrise spürten, und manche stützten einander auf dem Weg zur nächsten Sitzbank und wedelten sich Frischluft zu. Als aber der Akkordeonspieler sein Instrument wieder umhängte und den ersten Akkord anschlug, schnellten sie alle miteinander hoch, flogen aufs Neue leichtfüßig über den Kies und knöpften schon bald ihre Jacken wieder auf.

Um Punkt halb zehn erloschen die Lichterketten, der Akkordeonspieler beendete seinen letzten Walzer. Zehn Minuten später waren alle verschwunden. Ich trug meine Einkäufe hinauf zum Bahnhof und machte mich auf den Rückweg.

Kurz vor Mitternacht kam ich an. Ich stellte den Opel am Bach ab, kletterte über den Heuwagen ans andere Ufer und stieg hinauf zum kleinen Haus, nahm den Schlüssel aus der Hosentasche und sperrte auf.

29

Ich merkte gleich beim Eintreten, dass etwas nicht stimmte.

Ein kühler Luftzug wehte mich an.

Ich schaltete das Licht in der Küche ein und folgte dem Luftzug durch den Korridor bis zur Toilette.

Das kleine Fenster stand offen.

Am Rahmen war etwas Holz abgesplittert. Dort musste die Hebelkraft eines Schraubenziehers oder Brecheisens angesetzt haben.

Der Siebenschläfer konnte das nicht gewesen sein, das war nicht seine Handschrift. Ich hörte sein Trippeln auf dem Dachboden. Er tanzte Quickstep.

Auf dem Rückweg warf ich einen Blick in die Schlafkammern. Dort war alles in Ordnung.

Zurück in der Küche, sah ich, was geschehen war.

Jemand hatte den Kachelofen gestohlen.

Mein toller, teurer Kachelofen war weg. Fort. Verschwunden.

An der Stelle, an der er gestanden hatte, lag ein staubiges Viereck.

Schleifspuren führten über den Terrakottaboden zum Ausgang.

Die Diebe mussten mindestens zu zweit gewesen sein. Der Ofen war schwer. Und vermutlich noch warm gewesen.

Ich untersuchte die Eingangstür. Sie hatte keine Kratzspuren, niemand hatte ein Brecheisen angesetzt. Also waren die

Diebe direkt zur Rückseite des Hauses gelaufen und hatten sich Einlass durchs WC-Fenster verschafft. Sie hatten gewusst, dass dies der leichtere Weg war. Der Kleinere war hinten eingestiegen und hatte für den Größeren vorne die Tür entriegelt.

Sogar das Ofenrohr hatten sie mitgenommen. Schwarz gähnte das runde Loch, das ich in den Kamin gemeißelt hatte.

Ich steckte mir eine Zigarette an.

Draußen im Gras entdeckte ich eine breite Reifenspur, vermutlich von den Hinterrädern eines Traktors, und eine etwas schmalere Spur, wohl vom zugehörigen Anhänger. Das Herbstgras war plattgedrückt, die Rillen waren im nassen Erdboden deutlich lesbar. Man würde, wenn man wollte, Gipsabgüsse anfertigen können.

Vor dem Küchenfenster lag etwas Weißes im Gras. Nein, etwas Graues. Das war Asche, was da vor dem Küchenfenster lag. Dazwischen ein paar Kohlestücke, eckig wie schwarzer Würfelzucker.

Ich schaute hinauf zum Küchenfenster und verstand.

Das war die Asche aus meinem Kachelofen.

Die Diebe hatten, bevor sie den Ofen wegschleppten, das Küchenfenster geöffnet, sorgfältig den Aschekasten ausgeleert und das Fenster sorgfältig wieder verschlossen.

Sonderbar, dachte ich. Was für ein Einbrecher macht denn so was? Wer treibt in der Eile so unnützen Aufwand?

Ich steckte mir eine weitere Zigarette an. Wir rauchten damals wirklich wie blöd, das muss man schon zugeben.

Und da verstand ich. Die Diebe waren höflich gewesen. Sie hatten sich Mühe gegeben, meine Küche nicht dreckig zu machen. Sie hatten mir die Bude nicht verwüsten wollen. Deshalb hatten sie auch die Schränke nicht durchwühlt, wie Einbrecher es für gewöhnlich tun, und hatten mir nicht aufs Bett gepinkelt und die Schubladen nicht ausgeleert.

Wie rücksichtsvoll von ihnen. Ich war geneigt, das persönlich zu nehmen. Es sah ganz danach aus, dass die Ofendiebe mich kannten. Und dass sie mich mochten. Dann kannte ich sie wohl auch. Womöglich waren sie Freunde von mir.

Der Alex ist ja doch in Ordnung, hatten sie sich wohl gedacht. Dem werden wir keine unnötige *porcheria* hinterlassen. Wir holen uns nur den Kachelofen. Kein Grund, unhöflich zu werden.

Hey, leer doch mal kurz den Aschekasten aus.

Wieso ich?

Wieso nicht du?

Na gut.

Aber doch nicht vor die Tür!

Wieso nicht?

Das ist eine Schweinerei, so direkt vor der Tür. Da tritt man rein und schleppt den Dreck ins Haus.

Ah, okay.

Mach's zum Fenster hinaus. Na los.

Hetz mich nicht.

Warte, ich mache das Fenster auf.

Okay. So. Jetzt kannst du wieder zumachen.

Das war auch der Grund, weshalb die Einbrecher nicht die Haustür aufgebrochen hatten, sondern durchs WC-Fenster eingestiegen waren. Sie hatten sich Mühe gegeben, so wenig

Schaden wie möglich anzurichten. Und vor der Abfahrt, als der Ofen schon festgezurrt auf der Ladefläche stand, war der Kleinere in die Küche zurückgekehrt, hatte sorgfältig die Tür von innen wieder verriegelt und war durchs kleine WC-Fenster hinausgeklettert.

Nicht, dass vor meiner Rückkehr noch die Wildschweine ins Haus kamen.

Oder anderes Gesindel.

Wie man hörte, waren Albaner in der Gegend.

Vielen Dank auch, Jungs.

Wirklich sehr aufmerksam von euch.

Ich weiß das zu schätzen.

Es war spät. Ich war müde. Die Küche war kalt. Ich ging hinüber in die Schlafkammer. Die war genauso kalt, aber das war ich gewohnt. Unter den Daunendecken würde mir rasch warm werden.

Der Siebenschläfer tanzte Tango mit langsamen, schleifenden Schritten.

Am nächsten Morgen regnete es wieder, die Wetterberuhigung war von kurzer Dauer gewesen. Kalt war's geworden, der Wind hatte auf Norden gedreht. Der Siebenschläfer rührte sich nicht. Er hatte die ganze Nacht trainiert, jetzt brauchte er seinen Schlaf.

Ich ging in die Küche und machte mir Kaffee. Dann betrachtete ich das staubige Viereck auf dem Boden und überlegte, was zu tun sei.

Die Indizien waren deutlich.

Rot leuchtete mir die Fährte der Diebe entgegen.

Wer waren sie?

Die Lösung lag nahe.

Erstens kannten sie mich.

Ich sie wahrscheinlich auch.

Zweitens hatten sie von meinem tollen Ofen gewusst.

Vielleicht hatten sie mir zugehört, als ich bei Pierluigi mit ihm prahlte.

Sie hatten bei mir am Tisch gesessen.

Oder jemand, der mit mir am Tisch saß, hatte es ihnen erzählt.

Drittens kannten sie sich aus in meinem Haus. Sie hatten es nicht durchwühlen müssen.

Sie hatten gewusst, wo der Ofen stand, und dass es sonst nichts zu holen gab.

Vermutlich waren sie schon bei mir zu Besuch gewesen.

Hatten von meinen Tellern gegessen und aus meinen Gläsern getrunken.

Hatten meine Toilette benutzt und bemerkt, dass das Fenster nicht vergittert war.

Hatten die Haustür ausgecheckt und gesehen, dass der Riegel recht massiv war.

Viertens hatten sie gewusst, dass ich an jenem Tag in Genua war.

Das hatte ich nicht vom Hausdach herunter verkündet und nicht drei Wochen im Voraus geplant.

Fünftens waren sie auf einem Traktor mit Anhänger vorgefahren, ohne damit das ganze Dorf in Alarm zu versetzen.

Das alles grenzte den Kreis möglicher Täter sehr stark ein.

Es war geradezu lächerlich.

Wenn ich eine Namensliste aufgesetzt und diese im Ausschlussverfahren anhand der Fakten gekürzt hätte, wäre sie sehr kurz ausgefallen.

Aber ich wollte keine Liste aufsetzen.

Ich wollte die Fährte der Diebe nicht verfolgen.

Sie wäre kurz gewesen.

Sehr kurz.

Sie hätte nicht nach Albanien geführt.

Nicht nach Turin und nicht nach Mailand.

Eher hinüber ins Dorf oder hinunter ins Städtchen.

Allenfalls auf ein Gehöft in der Nähe.

Am Ende der Fährte hätte als unleugbarer Beweis das Corpus Delicti gestanden. Groß und schwer und nicht zu übersehen.

Die Dinge lagen geradezu beleidigend offensichtlich vor mir.

Ich kannte doch meine Pappenheimer.

Mit geschlossenen Augen konnte ich ihre Fährte sehen,
ob ich wollte oder nicht.

Aber ich weigerte mich, die Spur zu verfolgen.

Denn was hätte ich tun sollen?

Einen konkreten Verdacht fassen, jemanden beschuldigen?

Ermittlungen aufnehmen?

Hätte ich ins Dorf gehen, an allen Türen klingeln und die Leute befragen sollen, ob sie am Tag zuvor zwischen fünfzehn und vierundzwanzig Uhr einen Traktor vor meinem Haus bemerkt hatten? Und jemanden, der mein Küchenfenster geöffnet und wieder geschlossen hatte?

Das hätte nichts gebracht.

Ich hätte mich nur zum Affen gemacht.

Die Dörfler hatten jahrhundertelange Übung darin, nichts zu sehen, nichts zu hören und mit den Schultern zu zucken, wenn irgendwer irgendeine Auskunft von ihnen wollte. Die würden den Traktor auch dann nicht bemerkt haben, wenn er samt Anhänger über die gesamten neun Stunden meiner Abwesenheit mit laufendem Motor und trötender Hupe vor dem kleinen Haus gestanden hätte.

Also was tun?

Ich hätte die Ermittlungen den Profis überlassen, den Maresciallo in seinem Büro aufsuchen und Anzeige erstatten können. Aber auch das hätte nichts gebracht. Auch der Maresciallo hätte von Tür zu Tür gehen und sich von den Leuten belügen lassen müssen. Auch er hätte sich zum Affen gemacht.

Ich beschloss, gar nichts zu tun.

Mochte die Fährte rot leuchten, ich würde ihr nicht folgen.

Sie gefiel mir nicht.

Ich wollte ihre Geschichte nicht hören.

Wie, ihr wollt meinen Kachelofen?

Dann holt ihn euch doch.

Was schert mich mein Kachelofen.

Kommt vorbei und holt ihn euch.

Und schaut euch um, wenn ihr schon mal da seid, ob ihr sonst noch was gebrauchen könnt.

Nehmt alles mit, mir doch egal.

Werdet glücklich damit, oder erstickt daran.

Macht einfach keinen Dreck in der Küche.

Macht nichts kaputt.

Ich lasse das WC-Fenster diesmal angelehnt.

Soll ich euch die Bockleiter hinstellen, oder wäre euch das peinlich?

Macht euch um mich keine Sorgen, ich werde schon nicht frieren.

Gleich morgen bestelle ich bei Mauro einen neuen Kachelofen.

Vielleicht auch erst übermorgen.

Einen noch größeren, noch schöneren.

Schwarz gelackt und mit viel Messing.

Einen mit Kochplatte und Wasserschiff.

Den könnt ihr euch dann auch holen.

Mir doch egal.

30

Aber auch nach jener Nacht brach ein neuer Morgen an. Es war noch kälter geworden, der Duft von Schnee lag in der Luft. Unten am Bach stand der rote Ascona. Ich musste ihn Roberto zurückbringen. Ich zog meine Jacke an, steckte mir eine Handvoll Amaretti in die Tasche, dann ging ich hinunter zum Bach, kletterte über den Heuwagen und fuhr ins Städtchen zur Piazza Garibaldi, um bei Walther vollzutanken.

»Schickes Hemd«, sagte er.

»Gestern in Genua gekauft«, sagte ich.

»Richtig, du warst in Genua. Wie war's?«

»Wunderbar«, sagte ich.

»Volltanken?«

»Bitte.«

Ich stieg aus und musterte Walther aus den Augenwinkeln. Wir plauderten über dies und das. Ich achtete auf seine Mimik, lauschte auf die Modulation seiner Stimme. Alles wie stets. Keinerlei Auffälligkeiten.

»Wie war's gestern abend bei Pierluigi?«

»Wie schon«, sagte Walther und wedelte mit der freien Linken durch die Luft. »Wie immer.«

»Waren alle da?«

»Wer?«

»Na, du weißt schon. Roberto, Mauro, Giuseppe, Sergio.«

»Ich glaub schon. Warum fragst du?«

»Nur so.«

Als er fertig war, bezahlte ich und fuhr den Wagen auf ein Parkfeld. Dann ging ich durch die Via Cavour zu Pierluigi.

Die Jungs waren alle da. Es muss Samstag oder Sonntag gewesen sein, vormittags war sonst nie jemand da. Halbleere Cappuccinogläser, Krumen von Brioche auf den Tischen. Roberto las *La Repubblica.*

Sergio schimpfte auf die faschistischen kleinen Scheißer, die nicht mal ordentliche Hakenkreuze schmieren konnten.

Mauro erzählte etwas von der Space Shuttle.

Giuseppe hatte fette schwarze Kopfhörer aufgesetzt. Er schaute versonnen aus dem Fenster, wiegte den Oberkörper hin und her und sang halblaut zur Musik. »*Killing me softly … I heard he had a style … and listened for a while.*« Er hatte eine schöne Stimme, besonders in den hohen Lagen, und sein Englisch hatte diese reizvolle italienische Färbung.

Pierluigi stand hinter dem Tresen und lächelte philosophisch.

Mimmo war nicht da. Das war nicht ungewöhnlich. Mimmo tauchte nie vor dem Abend auf.

Ich freute mich, dass sie alle da waren. Es muss ein Mensch für mich keine herausragend positiven Eigenschaften haben, damit ich seine Gesellschaft zu schätzen weiß. Mir reicht schon, dass er meiner Spezies angehört und mich nicht nervt. Zumindest nicht ständig. Er oder sie muss kein Genie sein, keine Heilige und kein Fotomodell, solche Ansprüche habe ich nicht. Ich bin zufrieden, wenn einer im Grunde seines Wesens kein egomanisches Scheusal und kein Sadist, kein opportunistischer Verräter und kein rücksichtsloser Blutsauger ist.

Kleine Schwächen verzeihe ich gern, wer ist schon ohne Fehl. Wegen eines bisschen Stolz, Neid, Zorn, Habsucht, Trägheit, Völlerei oder Wollust breche ich über niemanden den Stab, auch nicht wegen Engstirnigkeit, Einfalt, Faulheit oder Spießertum. Ich lasse keinen fallen, der mal eben einen kurzen Anfall von Hochmut, Rechthaberei, Eifersucht, Kleinmut, Engherzigkeit, Schwermut, Biederkeit oder Blödheit des Herzens hatte. Von mir aus darf jemand schon mal ein bisschen hysterisch oder langsam und schwer von Begriff sein, gern auch wehleidig, weinerlich, ängstlich und ein ichbezogener Kindskopf; ich werfe da nicht den ersten Stein, das steht mir nicht zu. Sogar wenn einer einen kleinen Hang zu Narzissmus, Manipulation, Präpotenz und Machismo hat, versuche ich ein Auge zuzudrücken. Lebenslänglich verhänge ich nur äußerst selten und gewiss nicht für ein bisschen Eitelkeit, Feigheit, Unaufrichtigkeit, Grausamkeit, Arschkriecherei und Kleinkariertheit. Auch bin ich nicht der Ansicht, dass einer bis zum jüngsten Tag in der Hölle schmoren soll, nur weil er bei mir durchs WC-Fenster eingestiegen und mit aller gebotenen Sanftheit und Rücksichtnahme einen Kachelofen hat mitlaufen lassen. Ein paar Backpfeifen hätte er vielleicht verdient, das schon, und ein paar begleitende Kraftausdrücke würden mir auch einfallen. Aber leider fühlt sich Gewalt nach meinem Dafürhalten nur in der Vorstellung so richtig erfrischend und herzerwärmend an. In der tatsächlichen Ausführung ist sie immer hässlich, beschämend und demütigend, und zwar gleichermaßen für den, der austeilt wie für den, der einsteckt und auch für den, der zuguckt.

»Schickes Hemd«, sagte Mauro.

»In Genua gekauft«, sagte ich.

»Ah ja, du warst in Genua.«

»Richtig.«

Ich legte die Autoschlüssel auf den Tisch und schob sie Roberto zu.

»Dein Wagen steht oben auf der Piazza«, sagte ich. »Hab Dank, mein Lieber. Ich habe dir einen Fuchsschwanz für die Antenne gekauft.«

»Dein Rad ist auch super«, sagte er. »Ein Bolide.«

»Ich weiß. Hast du eine Tour gemacht?«

»Mailand–Sanremo«, sagte er.

»Respekt.«

»In Rekordzeit. Das Wetter war gut.«

Giuseppe holte eine Straußensalami aus der Tasche und schnitt zwischen Daumen und Zeigefinger dünne Scheiben für uns ab. Die Kopfhörer behielt er auf. Pierluigi brachte Brot. Wir aßen gemeinsam. Wir lobten Giuseppes Salami. Er konnte uns nicht hören.

»Jetzt nimm mal die blöden Kopfhörer ab!«, rief Mauro und fuchtelte ihm vor der Nase herum.

»Was?« Giuseppe nahm die Kopfhörer ab und deutete damit auf meine Brust. »Schickes Hemd. In Genua gekauft?«

Eine Neonröhre flackerte. Es war nicht dieselbe wie vor zwei Jahren, die hatte Pierluigi irgendwann ausgewechselt. Jetzt flackerte eine andere.

Alles war wie stets.

Die Schaufenster waren beschlagen.

Wir sprachen über Genua und über mein Hemd und dann auch über Giuseppes Salami und die Autobahngebühren.

Über meinen Kachelofen verlor keiner ein Wort.

Das konnte Zufall sein oder nicht.

Ich schnitt das Thema nicht an.

Den Jungs war nichts anzumerken. Nicht das Geringste. Keinerlei Auffälligkeiten.

Wir lachten und schlugen einander auf die Schultern.

Aber mir war schwer ums Herz.

Den Jungs vielleicht auch, wer weiß.

Ich war traurig.

Traurig wie selten zuvor in meinem Leben.

Und während wir beisammensaßen und jeder seinen Cappuccino trank, fiel draußen vor den Schaufenstern der erste Schnee des Jahres. Mein Fahrrad lehnte auf der anderen Seite der Gasse an der Mauer, wo ich es am Vortag abgestellt hatte. Roberto hatte es nicht angerührt.

Übrigens schloss ich mein Rad nie ab, es hatte gar kein Schloss. Ich könnte nun behaupten, dass das die neunziger Jahre waren, als Fahrräder noch nicht gestohlen wurden; die gute alte Zeit. Aber das wäre nicht wahr. Mein Rad wurde nur deshalb nicht gestohlen, weil es ein rostiger Haufen Schrott war, der viele Jahre im Brombeergestrüpp gelegen hatte.

Ich stand auf, knöpfte meine Jacke zu und verabschiedete mich. Um halb eins würde die Cooperativa schließen, ich wollte noch Pasta, Tomaten und Parmesan kaufen. Die ewigen Spaghetti al aglio, olio e peperoncino hingen mir zum Hals raus, ich hatte Lust auf einen ordentlichen Sugo. Mein initiales Erregungsniveau hatte sich zwar in den letzten Wochen Proust'scher Höhe angenähert, aber irgendwann war dann auch mal gut. Ich packte mein Rad an der Lenkstange und schob es durch die Via Cavour. Auf dem Sattel lag schon weißer Flaum. Ich ging über den eisernen Steg, den die Alliierten nach dem Krieg gebaut hatten, und dann nach rechts den Fluss entlang zur Cooperativa.

Als ich mit meinen Einkäufen herauskam, stand Robertos roter Ascona auf dem Gehsteig. »Lass deinen Rosthaufen stehen und steig ein«, sagte er. »Ich fahre dich nach Hause.«

»Danke, passt schon«, sagte ich.

»Jetzt hab dich nicht so.«

»Vielen Dank, wirklich.«

Roberto deutete mit dem Zeigefinger zum Himmel. »Es schneit.«

»Ich weiß.«

»Auf der Strada Provinciale liegen fünf Zentimeter.«

»Ich passe schon auf.«

»Mach keinen Quatsch. Das ist gefährlich.«

»Mein Rad hat Winterreifen. Spikes.«

Roberto schaute mich an. Ich schaute ihn an.

»Wirklich?«

»Geht klar.«

»Na dann.«

»Ja.«

»Wie du willst. Bis bald.«

»Bis bald.«

»Morgen Abend?«

»Mal sehen.«

»Fahr vorsichtig. Ciao.«

»Ciao.«

Ich klemmte die Tüte mit den Einkäufen auf den Gepäckträger, schwang mich auf den Sattel und pedalte vorsichtig los, hinaus aus der Stadt, am Fluss entlang und hinein ins Seitental des Seitentals. Mein Rad zeichnete einen schwarzen Strich auf die Fahrbahn. Meist ging es geradeaus. Vor den Kurven hörte ich auf zu pedalen und zog vorsichtig an der Hinterbremse. Die Vorderbremse rührte ich nicht an. Ein paar Mal stieg ich ab. Beim Bach angekommen, legte ich mein braves rostiges Rad, das mir immer treu gedient hatte, sachte an die Böschung. Ich blieb einen Augenblick stehen und schaute zu, wie die ersten Flocken sich auf den Rahmen legten. Bald würden nur noch die Umrisse zu sehen sein. Ich stieg über den Heuwagen ans andere Ufer und über die weißen Terrassen hinauf zum kleinen Haus.

31

Bevor ich Feuer im offenen Kamin machte, verstopfte ich das schwarze Loch mit einem Lappen. Dann setzte ich mich an den Küchentisch und nahm mir vor, endlich die letzten Seiten meines Romans zu schreiben. Viel war's ja nicht mehr. Aber ich hatte immer noch keinen Schimmer, wie ich es anpacken sollte. Also saß ich da, starrte auf die Schreibmaschine und brütete, wie so oft schon in den letzten Wochen, über der Wüste Danakil, diesem Höllenloch der Schöpfung hundert Meter unter dem Meeresspiegel. Salzverkrustete Ebene, so weit das Auge reichte, siebzig Grad Celsius ohne Schatten, blubbernde Vulkane und Geysire, giftige Gase und Seen voller Schwefelsäure, und mein argloser Held da mittendrin, gejagt von fünftausend unsichtbaren, aber allgegenwärtigen, nahezu nackten Afari-Kriegern, die behände waren wie Sandschlangen und im Kampf unbesiegt seit Anbeginn der Zeit.

Eigentlich war mir alles klar, ich sah die Bilder vor mir. Der Ausgang der Geschichte war unausweichlich, es gab nichts mehr zu deuteln. Aber den Weg dorthin sah ich nicht. Dieses Kapitel war das letzte, danach gab es nichts mehr zu erzählen. Kapitel 31, war das ein Problem? 31 war eine Primzahl, 32 wäre schöner gewesen. Zweiunddreißig war eine gute Zahl. Zwei hoch fünf, schön rund und ausgeglichen. Sollte ich ein früheres Kapitel aufteilen? Oder zwei kurze Kapitel zusammenfügen?

So saß ich eine Stunde mit dem Rücken zum Kamin an der Schreibmaschine. Das Feuer röstete meinen Nacken und die Waden, aber meine Hände und das Gesicht waren eiskalt. Ich wendete die Hermes Baby und setzte mich auf die andere Seite des Tisches. Jetzt wärmten mir die Flammen Gesicht und Hände, aber der Rücken und die Waden gefroren im eisigen Luftzug.

So konnte ich nicht arbeiten. Ich stand auf und streckte mein steifes Kreuz durch. Kein Mensch konnte so arbeiten. Der Stuhl war unbequem, meine Schreibmaschine taugte nichts. Hätte John Steinbeck unter diesen Umständen »Früchte des Zorns« schreiben können? Oder Thomas Mann den »Tod in Venedig«?

Ich ging hinaus zum Gewürzgarten und brach Thymian und Rosmarin ab. Zurück in der Küche, dünstete ich Zwiebeln und Knoblauch im Olivenöl, würfelte die Tomaten und gab sie in den Topf, in dem ich sie auf kleiner Hitze schmoren lassen würde. Drei Stunden mussten genügen, dann würde der Sugo in Ordnung sein.

Ich kehrte zurück an die Schreibmaschine und wollte schon wieder ins Brüten verfallen, da durchfuhr mich wie ein Blitz die Erkenntnis, dass nun endlich Schluss sein musste mit den Zimperlichkeiten. Drei Stunden mussten auch auf dieser Baustelle genügen. Wenn der Sugo fertig war, wollte ich auch mit dem Roman fertig sein. Jetzt war Schluss mit den Faxen. Einfach hinsetzen jetzt und fertig schreiben, einen Satz nach dem anderen. Subjekt, Prädikat, Objekt. Das konnte doch nicht so schwer sein, Herrgott. Ich würde den ersten Satz schreiben und dann den zweiten und dann noch einen und noch einen.

Subjekt, Prädikat, Objekt. Na bitte, geht doch. Keine Fisimatenten mehr. Einfach niederschreiben, was noch zu sagen war. Für den Feinschliff wäre später Zeit.

So saß ich da und starrte ins Leere, schrieb einen Satz und starrte ins Leere, schrieb noch einen Satz und starrte ins Leere. Subjekt, Prädikat, Objekt. Das Wichtigste war, nicht immer gleich jeden Satz unmittelbar nach der Niederschrift auf Herz und Nieren zu prüfen, ob er auch für die Ewigkeit Bestand haben würde. Zwischendurch machte ich Kaffee, knabberte Amaretti und rauchte. Subjekt, Prädikat, Objekt. Draußen schneite es ununterbrochen. Als es dunkel wurde, begann der Siebenschläfer über mir zu tanzen. Ich achtete nicht auf ihn.

Die drei Stunden waren rasch vorbei.

Ein paar Mal stand ich auf und legte Holz nach, rührte im Sugo und gab Rotwein hinzu. Dann setzte ich mich wieder hin, starrte ins Leere und schrieb. Subjekt, Prädikat, Objekt. Ganz einfach eigentlich. Ich musste nur sitzen bleiben und weitermachen.

Es dauerte sieben Stunden, bis ich auf der letzten Zeile angelangt war und »Ende« darunterschreiben konnte.

Draußen war es dunkel geworden, vom Dorf blinkten einzelne Lichter herüber. Ich stand auf und kostete vom Sugo. Er war nun genau richtig. Ich setzte Wasser für die Spaghetti auf, entkorkte eine Flasche Barbaresco und setzte mich mit einer Zigarette ans Kaminfeuer.

Nach dem Essen gönnte ich mir einen Vecchia Romagna und noch ein paar letzte Zigaretten. Als der Barbaresco leer war, gönnte ich mir ein Bier. Manchmal braucht man zum Abschluss einfach ein Bier. Vor dem Schlafengehen nahm ich alle beschriebenen Blätter von den Balken herunter, sonderte die überzähligen aus und bündelte den Rest zu meiner ersten gültigen Romanversion. Das Buch war nun fertig. Es war, wie es war. Angefangen hatte ich die Reise mit dem Herzen voll der schönsten Hoffnungen, jetzt war ich einfach nur froh, das Schiffchen einigermaßen heil in den Hafen bekommen zu haben. Ein paar Mal würde ich das Manuskript noch durchlesen, hier ein Adjektiv durchstreichen und dort einen Strichpunkt durch einen Punkt ersetzen. Aber dann wäre es Zeit, Abschied zu nehmen.

Die Schlafkammer war eiskalt wie gewohnt. Ich breitete beide Daunendecken über mir aus und lauschte dem Getrippel des Siebenschläfers. Er tanzte seine üblichen Latin-Standards. Ich zählte an den Fingern ab, wie viele Stromkabel er mir schon durchgefressen hatte. Im Frühling würde ich die gesamte Glaswolle-Isolation ersetzen müssen, und die drei Dachsparren, die er angeknabbert hatte. Keine Ahnung, was er an meinen Dachsparren fand. Als Nahrung schmeckten sie ihm jedenfalls nicht, die Späne bedeckten den ganzen Dachboden. Wenn ich Pech hatte und diesen Winter noch richtig viel Schnee fiel, würde das Dach einstürzen.

Dante hatte recht, ich musste etwas unternehmen. Der Siebenschläfer war ein böser Geist. Er hatte es auf mich abgesehen. Für gute Worte und Gedanken meinerseits war er nicht empfänglich. Einer von uns beiden musste ausziehen. Oder dran glauben. Er oder ich.

Ich wollte gerade wegdämmern, als das Getrippel plötzlich aussetzte. Das war ungewöhnlich. Ich lauschte in die Stille. Dann ein Plopp – in der Küche war etwas zu Boden gefallen.

Mir war sofort klar, was geschehen war. Der Siebenschläfer war irgendwie in den Kamin gelangt, hatte das schwarze Loch des Ofenrohrs erkundet und den Lappen hinausgestoßen. Und dann war er hinunter auf den Terrakottaboden gefallen.

Das war's.

Jetzt saß er in der Falle.

In der Küche waren alle Fenster und Türen geschlossen, das wusste ich ganz sicher. Durch den offenen Kamin konnte er nicht entkommen, dort war es heiß, in der Mitte glomm ein Haufen Glut. Und in das schwarze runde Loch, aus dem er gefallen war, würde er auf die Schnelle nicht zurückfinden.

Ich musste handeln. Das war meine Chance.

Jetzt oder nie.

Für Zimperlichkeiten war keine Zeit.

Leise erhob ich mich aus dem Bett und nahm das Luftgewehr aus dem Schrank. Zum ersten Mal bedauerte ich, dass es nur ein Spielzeug war. Ob es genügend Durchschlagskraft hatte, das Fell zu durchdringen? Nadja und ich hatten einmal zu Forschungszwecken auf ein Rindskotelett geschossen. Die Bleikügelchen waren stecken geblieben, aber kaum eingedrungen. Allerdings hatte sich das Fleisch hinterher beim Essen als ziemlich zäh erwiesen. Entscheidend würde sein, wie zäh oder zart der Siebenschläfer war.

Ich schlich durch den Korridor zur Küchentür und lauschte. Nichts. Stille. Was, wenn der Siebenschläfer auf der anderen Seite der Tür stand und ebenfalls lauschte? Wenn er nur darauf lauerte, dass ich einen Spaltbreit aufmachte und ihm Gelegenheit zur Flucht gab?

Jetzt ging es um alles.

Mein Haus stand auf dem Spiel.

Womöglich konnte er mich riechen. Und atmen hören. Ich konnte ihn weder riechen noch hören. Im Vergleich zu ihm, das war mir klar, schnaufte ich wie ein Walross. Wenn er beim Türspalt stand, musste ich ihn verscheuchen, bevor ich aufmachte.

Ich polterte kräftig gegen die Tür und wartete zwei Sekunden. Dann stieß ich sie auf und schaltete das Licht ein.

Und da sah ich ihn zum ersten Mal.

Er kauerte auf der Anrichte bei meinem Spaghettiteller, den ich neben das Spülbecken gestellt hatte, und fraß Sugo-Reste. Freut mich, wenn's dir schmeckt. Putzig war er wirklich nicht. Ein ekliges Rattenvieh, da musste ich Dante recht geben, Träger und Zwischenwirt aller möglichen Plagen.

Der Siebenschläfer unterbrach das Fressen kurz und schaute zu mir herüber. Ein wacher, interessierter Blick, dann wandte er sich wieder dem Fressen zu. Offensichtlich war er zu dem Schluss gekommen, dass ein schwerfälliger Riesensäuger wie ich Ewigkeiten brauchen würde, um von der Tür zur Anrichte zu gelangen. In der gleichen Zeit würde er dreimal zur Decke hochrennen und im Dreivierteltakt in alle vier Ecken tanzen, dann auf dem Leuchter ein Nickerchen abhalten und sich schließlich in aller Ruhe die Krallen maniküren.

Dieser Blick machte mich wütend.

Die Gleichmut, mit der er weiterfraß.

Die Arroganz der Kreatur, die sich überlegen weiß.

Die Herrin der Schöpfung.

Als ob sie hier zu Hause wäre.

Kalter Zorn stieg in mir hoch.

Für wen hielt das Tier sich eigentlich.

Es war Gast in meinem Haus.

Es schuldete mir Respekt.

Stattdessen richtete es maximalen Schaden an.

Nacht für Nacht eine neue *porcheria*.

So konnte es nicht weitergehen.

Das konnte ich mir nicht länger bieten lassen.

Ich durfte jetzt nicht klein beigeben.

Hier war meine Chance, das kleine Haus zu retten.

Sie kam vielleicht nie wieder.

Jetzt war nicht die Zeit für Zimperlichkeiten.

Der Siebenschläfer mümmelte weiter meinen Sugo. Zwischendurch warf er mir kurze Blicke zu. Er war sich seiner Sache sicher. Die Entfernung zwischen uns schützte ihn. Solange ich nicht näher kam, konnte ihm nichts passieren.

Er fühlte sich sicher.

Sehr sicher.

Zu sicher.

Es ist immer ein Fehler, den Gegner zu unterschätzen.

Er bedachte nicht, dass ich ein Gewehr hatte.

In der Welt, in der er lebte, gab es keine Gewehre.

In meiner schon.

Langsam, ganz langsam hob ich es an meine Schulter.

Der Siebenschläfer mümmelte und guckte.

Ich lehnte mich gegen den Türrahmen und zielte sorgfältig und lange über Kimme und Korn, wie ich es mit den Blechdosen und Zuckerwürfeln geübt hatte.

Dann drückte ich ab.

32

In jener Nacht machte ich kein Auge zu. Schrecklich dröhnte die Stille über mir auf dem Dachboden. Ich versuchte, an andere Dinge zu denken. Ich nahm mir vor, mein Manuskript spätestens in einer Woche in einen Umschlag zu stecken, zur Post zu tragen und eingeschrieben an den Verlag zu schicken. Montag neun Uhr, das war meine persönliche Deadline. Die vertraglich festgelegte Frist war zwar noch weit weg, aber sicher war sicher. Vielleicht wäre es klug, zuvor noch eine Fotokopie anzufertigen; ich hatte Geschichten gehört von verloren gegangenen Manuskripten, bei denen sich mir der Magen umdrehte. Dann malte ich mir das Cover aus, das die Grafikleute gestalten würden. Mit meinem Namen drauf und mit dem Titel, für den ich mich nach endlosem Hin und Her entschieden hatte. Ich fragte mich, ob die Vertriebs- und Marketingleute mit dem Titel einverstanden sein würden. Und natürlich hoffte ich bangen Herzens, dass der Lektor mich nicht in der Luft zerfetzen würde.

Lang vor dem Morgengrauen stand ich auf, zog die Bettwäsche ab und warf sie in den Wäschesack. Dann reinigte ich die Toilette und fegte alle Räume, wischte in der Küche den Herd, das Spülbecken und die Ablage gründlich sauber und warf, als ich mit allem fertig war, die Lappen und Geschirrtücher zur Bettwäsche in den Wäschesack.

Als Letztes packte ich meine Schreibmaschine und das Manuskript in die Tasche. Einen Augenblick erwog ich noch, die ausgesonderten Seiten mitzunehmen. Man konnte nie wissen, vielleicht würden sie beim Überarbeiten noch dienlich sein. Aber dann legte ich sie hochmütig zum Brennholz neben dem Kamin. Wer war ich denn – ein Hamster, der für den Winter Vorräte anlegte?

Schließlich drehte ich die Gasflasche unter dem Herd zu und stellte den Haupthahn fürs Wasser ab, schaltete den elektrischen Hauptschalter aus, schloss alle Fensterläden und verriegelte die Türen.

Dann war ich startklar. Es war Zeit zu gehen.

Draußen lagen dreißig Zentimeter Schnee. Der Wind hatte aufgehört, eine einförmige Wolkenschicht bedeckte den Himmel. Es war Sonntag, den ganzen Tag würde kein Bus durchs Seitental fahren. Ich trug die Tasche und den Wäschesack hinunter zum Bach, stieg über den Heuwagen ans andere Ufer und barg das Fahrrad aus dem Schnee. Die Tasche band ich mit einem Seil auf den Gepäckträger, den Wäschesack schwang ich mir auf den Rücken. Ich würde ihn wie gewohnt vor Giuseppes Wäscherei in den Container stellen und irgendwann wieder abholen.

Die Strada Provinciale war feucht, aber schneefrei.

Ich trat kräftig in die Pedale.

Vor mir lag ein langer und kurvenreicher Weg.